江戸から見ると 2

田中優子

青土社

江戸から見ると　2

目次

I　2018年

II　2019年

Ⅲ　余聞

江戸から見ると　2

I　2018年

江戸東京の研究拠点

二〇一八年、あけましておめでとうございます。といっても江戸国はまだ一一月で、師走にもなっていない。江戸に正月が来るのは、今年は二月一六日である。

その江戸のことだが、今年は新年早々からうれしいことがある。法政大学にようやく、「江戸東京研究センター」が発足するのだ。国際日本学研究所とエコ地域デザイン研究センターが共同申請した事業「江戸東京研究の先端的・学際的拠点形成」が文部科学省の「私立大学研究ブランディング事業」に採択され、推進のためのセンターができることになったのである。一月二〇日の土曜日には発足記念のシンポジウムを開催する。そのテーマは、「江戸東京の基層／古代・中世の原風景を再考する」である。

法政大学エコ地域デザイン研究センターを率いてきた陣内秀信教授はイタリアの都市史、建築史の専門家でありながら、同時に水都としての江戸の研究にも取り組んできた。単に歴史だけでなく、東京の未来にかかわる水辺再興の提案をしている。そこで最初に、江戸東京の地形、地質、水系、その上に形成された古代中世の街道、国府、寺社、居館や城、集落や居住地、港、舟運網などに注目してみようという趣旨だ。地形の特色とその改変の歴史を通して、江戸東京の独自性を考えようと思う。

江戸東京研究センターはこのように、江戸時代だけでなく地理的な江戸東京を研究し、それを通して江戸だけでなく、日本の都市と地域の関係を研究する。

私も所属する国際日本学研究所のメンバーは、江戸だからこそ育った文化や社会、テクノロジーとアートを研究しつつ、それを「日本の方法」として発見していこうとしている。

今まで西欧的なるものを追いかけるばかりだった日本は、独自な方法を発見し続けなければ、世界に先んじる難局を切り開けないだろう。

（'18・1・10）

襲名

今年は、二代目松本白鸚、十代目松本幸四郎、八代目市川染五郎の襲名披露の年である。松本幸四郎は江戸時代の一七一六年から続く名跡で、市川団十郎と並び称された江戸の大スターだ。あるときは息子が、あるときは養子がこの名前を継いできた。襲名は日本独特の芸の継続のしかたである。極めて有効な型の継承方法で、襲名があるからこそ歌舞伎は続いてきた。

九〇代の母と歌舞伎座の襲名披露公演に出かけた。三七年前、母は初代松本白鸚さんから名前をいただいた日本舞踊の松本流の名取として白鸚、幸四郎、染五郎それぞれの先代の襲名披露を見たのである。

「勧進帳」の公演があった。能を三味線と長唄によって見事な歌舞伎に編集し直した演目で、長唄の名曲である。この「勧進帳」は、役者の型の習得の仕方やこなし方がよく見える。その日は安宅の関の富樫を演じた中村吉右衛門の圧倒的な大きさが、舞台を覆っていた。型を抜け出て自らの弁慶を懸命に創ろうとしている新幸四郎と、ようやく型を習得した義経役の新染五郎を、叔父であり大叔父である吉右衛門がその偉大な存在感でしっかり受け止めている。

富樫は官僚としての表の役割と、隠された内面の感動を、声音、姿勢、表情だけで表現する難しい役だ。型をひとりの役者がどれほど内面化して「人間の表現」にできるかが試されるが、私は吉右衛門にくぎ付けになった。日本人の創造性に、型がどれほど大きな役割を果たしているか、その秘められた可能性を、能や歌舞伎は教えてくれる。

新白鵬は天才的な弟の芸をよく理解していて、その懐に息子と孫を預けたのだろう。「家」は本来、消費する場なのではなく、継承と創造と生産の場であった。今も保ち続けているそのような「家」に敬意を持ち続けることは、日本の未来にとって存外、重要なことになるはずだ。

（'18・1・17）

駅伝

今年も箱根駅伝がおこなわれた。法政大学は一九位で出発して箱根で五位にまでなり、復路では一時四位になったが、総合で六位となって来年のシード権を獲得した。マスコミは一位の大学の報道ばかりしていたが、多くのかたはそのプロセスを見てくださっていて、他の大学の学長さんたちから「法政は素晴らしかったですね」と声をかけられた。なにより、陸上部の学生たちのすがすがしさが、とても誇らしい。

ところで、駅伝は「うまやづたい」と読み、律令制のときに官僚の出張や公用の使いなどのために、各駅や各郡に常備が義務づけられていた馬とその制度のことである。後に宿場の意味にもなった。情報伝達システムであるから、電話やインターネットの祖先、と言っていいだろう。駅伝は、ペルシャにもローマにも中国にもあった。しかしその駅伝を、リレーに使ったのは日本だけである。多くのマラソンは都市の中でおこなわれるが、なぜ

「駅伝」という道行き型を利用したのだろう。

江戸時代にはもはや駅伝はなかったが、そのかわりに宿場が発達した。江戸幕府は江戸を中心に東海道などの五街道を整備して宿場をつくり、伝馬制をしき、飛脚や早馬が通信を担ったのである。なかでも東海道は京大坂と江戸を結ぶ主要道路で、参勤交代の武士たちや伊勢参りを始めさまざまな参詣に出かける一般の旅人など、多くの旅人が行き交った。浮世絵や旅行記や案内本や物語や絵入り本や地図など、多くのメディアがその風景を取り上げ、近代に至るまで、東海道は人々にとって、身近で親しみやすい道であり続けたのである。義太夫語りの中には「道行き」という型もある。道が、日本人の空間感覚を創ってきたのだ。

東海道五十三次は華厳経をもとにしているとも言われる。道を継いでいくという発想は、大切に受け渡されてきた。

（'18・1・24）

合わせ

平安時代から続いている日本の方法に「合わせ」というものがある。歌合（あわせ）は左右に分かれて歌の優劣を競う。判者のほかに応援者がいて念人（おもいびと）という。歌だけでなく絵合、扇合、貝合もあり、江戸時代には宝合が出現した。自分が宝だと思っているものを持ち寄り、なぜ宝なのか、その価値観をプレゼンテーションする大会で、語りの優劣を競った。

競うのであれば歌競争とか宝競争といえばよいのにそうはいわない。合わせの目的は、集まることと出会うことだからだ。五輪の目的も、そうではないのか？

ラグビー元日本代表の平尾剛さんが東京五輪に反対宣言をした。私が共感したのは「自発的創造性こそがスポーツ選手にとって醍醐味（だいごみ）だ。勝敗を競い合うのはあくまでも副次的なものに過ぎない」という言葉だ。勝利至上主義がスポーツ本来の喜びを失わせることへの懸念を表明したのである。

大学スポーツの目的も「合わせ」だ。さまざまな学生が集い、目的を共有して自分を磨き、チームワークの能力を高める。学びにも生かすことができ、やがて仕事にもつながる。大学が体育会をもっているのはそのような教育目的であって、志願者を増やすためではない。あくまでも多様な学びの機関のひとつなのだ。スポーツ本来の喜びを知ることこそ、人生の大きな収穫だからである。大学は選手養成機関ではないので、大学スポーツ発信の目的は宣伝ではなく、おもい（応援）の結束なのである。

にもかかわらず日本オリンピック委員会（ＪＯＣ）は学校主催の五輪壮行会を「宣伝にあたるため認められない」という見解を示し、学校は壮行会の外部公開ができなくなった。卒業生を含め大きな組織をもつ大規模大学において、五輪応援者を増やす機会をＪＯＣは逃したのである。このままでは東京五輪についても、おもいびと（応援者）を増やしていくことはできないだろう。

（'18・1・31）

多層都市

トランプ米大統領がエルサレムをイスラエルの首都だと認め、火に油をそそいだ。エルサレムはユダヤ教にとってもイスラム教にとっても聖地だからである。私が通ったキリスト教系の高校には、エルサレム組、パレスチナ組という組名があった。つまりキリスト教の聖地でもある。聖地が取り合いになるほど少ないのが不思議だ。

日本には江戸だけでもたくさんの聖地があったようだ。水の湧き出る場所や、水の出入り口、川と上水の分岐点、湖沼の出入り口、海と陸の境界が「聖地」となったのである。水とのつながりは金龍山浅草寺、新井薬師の白龍権現など「龍」によって表現されたり、井の頭池や不忍池のように、蛇神とつながる弁財天によって表現されたりした。神田川の関口には水神社があり、水門の神々たちがまつられている。

この報告は、法政大学「江戸東京研究センター」発足記念のシンポジウム「江戸東京の基層――古代・中世の原風景を再考する」で聞き及んだ研究結果である。江戸を江戸時代だけで考えるのではなく、古代や中世の歴史とともに考えることで、東京の、実に多様な層が見えてきた。

ところで聖地として大切にされてきた場所は、人間の開発行為と関係があるという。湧き水も河川も港も、人間が生きるために人工的に改変して利用してきた。開発は自然破壊を伴う。それは痛みとともに祈りとなり、支配者にとっては支配圏を示す指標となる。

そこで聖地は、支配圏を示すように都市を取り巻いていることがある。その場所は古代の聖地そのままか、都市拡張に合わせて移転や新設がされている。いずれにしても、開発行為による痛みや畏れという自然と関わる聖地のありようは、大宗教の創設に由来する聖地とは大きな違いがある。ともかく、聖地争いにならない聖地が日本中に点在していることは、なんとも幸甚なことだ。

（'18・2・7）

雪から新春へ

二月一六日は旧正月で本来の日本の新春である。今年の冬は寒かった。雪もたくさん降った。こういう冬を経ると、正月はなるほど春の到来だと感じられる。

雪を見ながら「着物では歩けないな」と思う。しかし江戸時代の人々は雪の中を着物で歩いていたのである。雪国にはさまざまな用具があったが、都市部では雪の日に何を着て何をはいたのだろうか?

まず重ね着と真綿の使用である。十二ひとえの先例があるように、江戸時代でも寒いときは重ねて着た。さらに蚕の繭を薄くのばした「真綿」があった。冬の季語にある「綿入れ」は、あわせの二枚の布の間に真綿を入れたものだ。「綿入れ羽織」もあった。

足もとも気になる。雨や雪の日に足袋がぬれるととても冷たい。実は江戸時代初期まで、足袋は革製だった。次第に木綿にとって代わられた。雪の日を描いた多くの浮世絵がある。

圧倒的に高い率で出現するのが足駄（高げた）と、それを雪対応に改良した雪げたである。雪げたは、歯の間に雪がたまらないよう、両歯の前の部分を斜めに切ってあるものをいう。この足駄や雪げたを、ある人は裸足ではき、ある人は足袋ではく。裸足ではく理由は、足袋をぬらすと冷たいからだろう。後にげたの前を覆う爪皮が出現するが、爪皮の無い時代では多くの絵で、着物を足の上を覆うくらい長く着ている。なるほど高げたをはいているので長く着てもさしつかえなく、しかも裾に綿を入れていれば寒くない。着物の裾の裏地を表に出す「ふき」という仕立て方があり、そこに綿を入れる「ふき綿仕立て」がある。裾が足の動きで翻らないようにした工夫だが、もしかしたら、それは足を暖かくする方法でもあったかもしれない。綿入れのふきが足の上を覆うことを想像すると、とても暖かい気分になる。

人はそれぞれの時代の中で、窮地を賢く乗り切っていたのである。

（18・2・14）

石牟礼道子を悼む

二月一〇日、石牟礼道子さんが亡くなった。河出書房新社の「世界文学全集」には、日本人作家の長編として唯一、石牟礼さんの「苦海浄土」が収められている。その責任編集者であった池澤夏樹さんは、「本当はもっと早くから、世界的に評価されるべき作家だった」と朝日新聞にコメントした。

私もそう思う。石牟礼道子こそノーベル文学賞にふさわしい作家である。しかし石牟礼文学は地域の土の上で生きてきた人たちの話し言葉が土台になっていて、その息吹で書かれている。翻訳がもっとも難しい文学のひとつなのだ。

このコラムで一回は「苦海浄土・三部作」と毎日新聞西部版「不知火のほとりで」のことを、そしてもう一回は「春の城」のことを取り上げた。大学に入学したその年に「苦海浄土」と出合い、文学の概念が変わった体験と、そして胎児性水俣病患者がおよそ私の世代であることを書いた。石牟礼道子は、私の親の年代なのである。その世代の人たちが自らの胎内に命を宿した時に水銀をともに宿してしまったことは、明治維新から一五〇年のあいだの、日本の闇の側面なのである。

近代化とはなんであったのか、という問いを、石牟礼道子はずっと突きつけていた。それは江戸文化を研究する私自身の問いでもあった。海と空のあいだに舟を浮かべ魚を取って生きる漁民たちの命の豊かさから、水俣病の病態記録への変化を、改めて明治一五〇年の記憶にしなければならない。

石牟礼道子を取り上げた二回目のコラムでは、私は「もだえ神」のことを書いた。もだえ神とは、苦しむ人々に力を貸したいと思いながらも、力になれずにもだえながらその苦しみを共有する魂を持った者のことである。藤原書店の「石牟礼道子全集・不知火」一八冊の全てが、その魂によって書かれていると言っても過言ではない。

真に偉大な人だった。心よりご冥福をお祈りする。

（'18・2・21）

SEIMEI

羽生結弦が冬季オリンピックで使った音楽は「ＳＥＩＭＥＩ」という。映画「陰陽師」から選んだらしい。陰陽師・安倍晴明のイメージは、小説、映画、漫画を通して、魅力的な魔術師となり、今や有名人だ。

このような、物語やキャラクターの多様なジャンルにおける展開は、江戸時代の作者たちが得意としたものだった。江戸時代、安倍晴明は「蘆屋道満大内鑑（あしやどうまんおおうちかがみ）」という歌舞伎にもなっている。晴明のエピソードのもとになったのは「平家物語」と、それをもとにした能の「鉄輪（かなわ）」だ。「平家物語」に登場する安倍晴明はすでに、「今昔物語」や「宇治拾遺物語」で、特別な力をもった陰陽師として伝説化されていた。そういうことなら特別な出自をもつに違いない、と説経節「信田妻」に語られた。そこでは、安倍晴明の母はキツネだということになった。

しかしさらにさかのぼって実体に近いところを探れば、安倍晴明は魔法使いのような人ではなく、国の役人であり天文学者である。国の安泰、災害の有無、騒乱などは、天体の動きとつながっている、と、律令の時代では考えられていた。そこで中務省には陰陽寮が置かれ、天文観察、暦、水時計（時間）を管理し、天文に異常が見られたら極秘に報告することになっていたのである。安倍晴明は陰陽寮に所属する国家の有能な技術系官僚で、学者であった。魔術は使わない。むしろ高い数学能力がかわれ、租税の計算をする主計寮に異動している。

国家の任務としての陰陽道は室町時代あたりからはなくなり、江戸幕府は採用しなかった。結局、陰陽師は民間の占師となり、どこか怪しげな人たち、と見られた。

しかし、国の存亡が、自然を征服することではなく、自然界との同調にあると考えたのは、さほど間違っていなかったような気がする。

（'18・2・28）

あなたは何を稽古する？

ＮＨＫから「残したい日本の美２０１」を題材に「視点・論点」で話してもらえないか、という打診が来た。その本を私は長い間忘れていた。確かに二〇〇六年に監修を依頼され、今はもうない出版社から刊行した。二〇〇以上のテーマに写真をつけたわかりやすい本で、私は序文も書いている。

読み直してみると、冒頭にいきなり「伝統とは意志である。その時代の人々が残したい、と思ったものだけが残る」と書いている。これは今の私の考え方と寸分たがわない。それにしても怖い話だ。当時の私もそう思ったようで、「残したいと思わなかった膨大なものが、私たちの知らない歴史の闇に消えて行った」と続けている。

江戸時代の生活や文化でも、闇に消えてしまったもののほうが多い。過去を研究しそれについて書いている者も、すくい取ることができるのはわずかだ。渡辺京二は「文化は生き残るが、文明は死ぬ」と書き、江戸文明は「逝きし」つまり死んでしまったのであり、私たちが見ている江戸文化は、死んだものの「面影」で「断片の残存」だとした。そのとおりだ。渡辺の真意は、江戸文明に対する切ないほどの強い憧憬（しょうけい）である。

私はわずかな希望はもっている。「時代の流れに押し流されてしまっていても、誰かが再発見することがある」と前述の本で書いていて、今でもそう思っている。実際、江戸時代の人々は前時代の多くの文化を使いこなし、新たな時代の中に組み入れて自らのものにした。古代や中世の物語も能の演目も、まるで江戸時代の出来事のように語られ描かれた。江戸時代の断片も、今の時代のものとして使いこなすことができれば、今の世界に組み入れられ、新たな輝きとなる。まず知るためには、身体に刻み付けるのがいちばんだ。つまり稽古（けいこ）である。言葉でも歌でも舞でも絵や書でも、ひとりがひとつ稽古すればそれは残り、やがて生まれ変わる。

（’18・3・7）

咸宜園という私塾

法政大学は一八八〇（明治一三）年、「東京法学社」という名前で始まった。三人の二〇代の若者が、この学校を作った。いったいなぜ若者たちが学校を作ったのか。

今年の二月、大分県の日田市に呼ばれた。咸宜園（かんぎえん）開塾二〇〇年記念の講演のためだ。咸宜園は、思想家で漢詩人の広瀬淡窓（ひろせたんそう）が江戸時代に開いた塾で、総計約五〇〇〇人の弟子を輩出した日本最大の私塾である。私は「江戸時代の人々にとっての学び」という演題で、手習い、藩校、私塾の「学びの方法」について話した。その過程であることに気づいた。それは、江戸時代の藩校や私塾では、厳しいディスカッションを取り入れていたということと、そこで鍛えられた思考能力を使って、明治時代には憲法制定と国会開設のために、多くの人々が議論をしていた、という事実である。

江戸時代の学びの手順はこうだ。教師がテキストの文字を指しながら声を出し、生徒も声を出して読みながら覚える。これを「素読」という。次に、その身体に刻みこまれた言葉の意味を「講義」で掘り下げる。そして最後に、学生が交代で自ら講義し、それに対して学友たちと議論をする。この過程を「会業」とか「会読」という。ディスカッションが、考える力をつける重要な役割を果たしたのだ。

一八八〇年当時、日本には多くの結社があった。江戸時代が終わり、政治や法律を担っていた武士たちがいなくなり、農民、町人、そしてもと武士たちが垣根を越えて議論する必要があった。もはや身分というものを持たない市民たちは、憲法の制定と国会の開設を目的として、盛んに会を開き議論をしたのである。

咸宜園ではすでに身分、年齢、学歴を問わない三審法があり、成績評価をする月旦評、面接考査や漢詩文の稽古もあった。江戸時代の学びの方法は近代につながったのである。

（'18・3・14）

江戸問答

昨年一一月最終週の本欄で、「日本問答」という対談本を紹介した。こんどはそれを江戸文化に広げ、「日本問答・江戸問答」というタイトルで、松岡正剛氏と私が、公開対談をおこなう。主催は、今年一月に開設した「法政大学江戸東京研究センター」である。センター長である陣内秀信教授がコーディネーターをつとめ、「編集的江戸東京論」に挑戦する。

「日本問答」では、出来事を異なった角度から見て相互感化をとらえる方法を「編集的歴史観」と呼んでいる。私は江戸時代とは、外から導入する文化を独自にエネルギッシュに編集することで、経済と文化の活気を生み出した時代だと考えている。江戸にすべてを集中させるのではなく、天皇のいる首都の京都と、将軍のいる政治都市の江戸とをデュアルに並べ立て人口と権力を分散させながら、参勤交代という前代未聞の流動性を実現させせ編集されたことが大きかった、と考えている。この流動システムの中には、上方文化も朝鮮通信使や琉球使節、オランダ商館長たち、アイヌ民族なども入っていた。

多様な、しかも世界最大の人口が集まる江戸だからこそ、海外の情報も上方文化も編集され、新たなものと文化を日々生み出していた。しかもそれらの基本には、古代の歴史、平安の公家文化、中世の武家文化など「過去」を使い尽くすという方法があった。これは近代以降、江戸文化を使いこなす方法に転換できるはずだったのだが、過度の欧米崇拝と追随で、それはおこなわれなかった。

江戸の都市づくりが、それまでの日本の何を受け継ぎ何を捨てたのか、中国文明依存からどのように脱却して独自の思想や教育方法を作り出したのか、議論が尽きなくなりそうだ。

（'18・3・28）

大学のふるさと杵築

三月中旬のこのコラムで、大分県日田市の咸宜園(かんぎえん)で講演したことを書いた。その日私は日田をあとにして、大分県杵築市に向かった。法政大学の母体は、一八八〇年に三人の二〇代の若者が作った東京法学社である。そのうちの二人が杵築藩の出身なのである。

杵築城のあしもとにその二人、金丸鉄(まがね)、伊藤修(おさむ)の碑が立っている。近くには江戸時代の風情を残した町並みが広がる。城下町資料館で一六四〇年ごろのジオラマを見た。金丸家と伊藤家の場所も知ることができた。両家とも江戸時代当時、私塾を開いていたという。以前書いたように江戸時代の若者たちは、素読・講義・会読の仕組みをもった藩校と私塾に通い、会業・会読によって議論の能力を鍛えていたのである。

金丸鉄は、藩校で佐野儁達(しゅんたつ)から仏語を学んでいたことを知った。つまり杵築の藩校では仏語も教えていたのである。儁達は大坂の緒方洪庵から、長崎ではポンペとその後任のボードウィンから、蘭学と医学を学んだ。さらに中江兆民から仏語を学んだという。中江兆民は長崎の済美館で仏語を学んだのだが、そこでは英語、露語、独語、中国語、世界史、地理、算術、物理、化学、天文、経済も教授されていた。

金丸鉄は仏語を基礎にして法律に進んだ。そこにも杵築藩の人物がかかわっている。その人物、元田直（なおし）は東京で、私立では日本最初の法律学校を作った。その後を追うようにして上京した金丸鉄は、日本最初の法律専門誌「法律雑誌」を発刊したのだった。

一方、伊藤修は一八歳で単身上京し、代言人（弁護士）試験が始まると、杵築で最初の弁護士となった。法律への道に進んだのは、やはり杵築時代の師であった元田直の影響だった。

江戸時代の人々は、なんと貪欲に知識を求め、新しい時代を切り拓（ひら）いていったことだろう。見習わねばならない。

（18・4・4）

リテラシー

リテラシーとは、読み書き能力のあること、また学問や教育のあることだ。ここでも書いてきたように、江戸時代のリテラシーには、さまざまなものがあった。

もっとも必要だったのは、平仮名のリテラシーである。基本的にこれだけでも、生きていくことはできた。義務教育のなかった時代にもリテラシーが高かった理由のひとつは、日本では一〇世紀という極めて早い時期に、公式に平仮名が成立したことである。周知のように、「古事記」「日本書紀」「万葉集」はいずれも漢字で書かれている。「万葉集」の文字は万葉仮名（真仮名）という、日本語をそのまま漢字の音で表す、表音文字としての漢字であった。やがてそこから平仮名が生まれた。

だからといって漢字漢文が消えたわけではなく、江戸時代でも、平仮名リテラシー、漢字仮名リテラシー、漢文リテラシーが併存していた。さらにプロフェッショナルの世界には中国語リテラシー、オランダ語リテラシーがあり、やがて英語もフランス語もドイツ語も学ぶようになる。

しかし必要なリテラシーは外国語能力だけではない。読む能力とは、裏にある本当の意味と価値観を見抜くことなのだ。江戸時代、荻生徂徠は古文辞に戻って東アジアの思想を理解しようとした。本居宣長は日本の古典から「もののあはれ」を読み取ろうとした。つまり学問とは読み解き能力という意味での、リテラシーなのである。

安倍晋三首相が裁量労働制をめぐる答弁を撤回せざるを得なくなった要因となったのが、法政大学の上西充子教授によるデータ調査と予算委での意見陳述だった。上西教授は、大学教育におけるデータリテラシーが民主主義にとって極めて重要だという。現代は情報、データ、政府文書、政治家の発言そしてＡＩに至るまで、高めなければならないリテラシーのなんと多いことか。しかし大学は、まさにそのためにあるのだ。

（18・4・11）

明け暮れ読み書きに油断なく

「人工知能（ＡＩ）に代替されない能力」をどう育てるかが、よく話題になる。しかし、ある本を読んで驚いた。「ＡＩと共存する社会で、多くの人々がＡＩにはできない仕事に従事できるような能力を身につけるための教育の喫緊の最重要課題は、中学校を卒業するまでに、中学校の教科書を読めるようにすることです」と。これは数理論理学者・新井紀子さんの「ＡＩ vs. 教科書が読めない子どもたち」に書かれていたことだ。新井さんは全国二万五〇〇〇人を対象にした読解力調査で、高校生の半数以上が教科書の記述の意味が理解できていないことがわかったという。意味の読解こそ、ＡＩができないことなのであるが、このままでは多くの人がＡＩに代替されてしまう。結局、変化の大きな時代に必要なのは、読書によって理解力と文章力を磨くことなのかもしれない。

井原西鶴「世間胸算用」では、小さい頃から寺子屋の中でうまく商売する子供を、親が感心して手習いの師匠に「うちの子はただ者じゃないと思う」と意見を求める場面がある。しかし数百人の子供を教えてきた師匠は、その子をほめなかった。理由は、その子が単に親の勘定高さを見習っているだけで、その能力は「自然と出るおのれおのれが智恵(ちえ)」つまりその子独自の知性ではないからである。そして別の子供の事例を話す。その子の親は「勉強に集中しなさい。それこそがお前の将来のためになる」とさとし、実際に子供は読書と学びに集中したのだった。

後に大人になって、うまく立ち回った子供は行き詰まり、「明け暮れ読み書きに油断なく」取り組んでいた子供は大きな視野で考えるようになって事業に大成功する。遠方に送る油が寒中でも凍らない方法を発明したのである。

江戸から明治への変化のなかで議論の力が果たしてきた役割をすでに書いたが、その前提はやはり読書だった。変化を生き抜く読書力を見直したい。

（'18・4・18）

女性のかたは土俵から

もう相撲界は駄目かもしれない、と思った。救命処置の最中、その本人に向かって「女性のかたは土俵から下りてください」と繰り返した。謝罪はしたが、とっさに出る言動に業界の本質が出た。

二つの問題がある。第一に相撲の歴史を知らない。第二に人間のジェンダーを知らない。まず「日本書紀」から女相撲はずっと続いている。つまり伝統がある。しかし土俵に女性が上がれないのは土俵の聖性がその理由だ。その土俵も江戸時代の一七世紀中ごろになって初めて出現した。一八世紀中ごろにようやく興行として大相撲が始まり、さらにその後、土俵への神迎え、神送りを儀式化して土俵に聖性を与えた。つまり土俵の聖性は江戸時代に作られた娯楽としての商業的仕掛けであった。それは何を意味するか。娯楽興行として成功させるという同じ理由でいつでも変えられる、ということなのだ。それを知っていれば、土俵が人命より重要な伝統だとは思えないだろう。いやもしかしたら、人命より重要だったのは相撲の伝統ではなく自分の保身だったかもしれない。それはちかごろの官僚たちの言動と思い合わせると、さらに暗たんたる気持ちになる。

もう一つのジェンダー問題について。私はこのアナウンスを聞いて想像してしまった。今後も力士以外で土俵に上がる人がいたとして、その人が見るからに女性なのに自分を男だと主張した場合、どう判断するのだろうか？　これは以前、女子大が迫られている問題として書いたことがある。今や女子大は、身体と自認両方が男性である者以外は入学させる方向に向かっている。人間のジェンダーは男と女の二分法では分けられないことが分かってきた。性別規制をもっている組織はその課題に取り組むべきなのだ。

江戸時代、女性は大相撲を見なかった。今後女性が見に行かず関心も持たなくなったら、相撲界はどうなるだろう。

（'18・4・25）

伝統をつくる

前回、大相撲の土俵の聖性は江戸時代に作られた娯楽としての商業的仕掛けであったこと、娯楽興行として成功させる、という同じ理由でいつでも変えられることとを書いた。以上を前提に、聖性を壊すことなく変えるとすれば、方法はひとつしかない。土俵に上がる力士以外の人々に、そのとき限りの聖性を付与することである。つまり汚れが無い（と、人々が納得できる）状態を作るのだ。

汚れとは何かを、ここで論じても仕方ない。今まで土俵に上がった男性たちが、男性というだけの理由で「清浄な人々」だったかどうかを論じても、結論など出ない。それを分かった上で、日本では神社に正式参拝する時にはひしゃくで水をくんで手を清め、口をすすぎ、白い装束をつけ、おはらいをしてもらう。力士の場合は水で手や口をすすいだ後、塩をまく。これらは全て清めの儀式である。

そうであるなら、男女その他を問わず全ての人に、お約束としての清めの儀式をしてもらい、白い装束をつけてもらうのだ。そうすることで女性も、土俵に上がる。

ただのお約束なら何もしなくてよい、という立場に私は立たない。江戸時代では連句をまくときにも斎戒沐浴（さいかいもくよく）をして臨み、天神の掛け軸に礼をして始めた。自らを清浄な存在に変え、えりを正すことで詩神が降りてくるのだ。歌舞伎の顔見世興行を企画する時にも、結界を作っておこない、決めた演目と配役を神棚にささげた。人は文化に関わる時には、やはりえりを正す緊張感が必要で、それによって自分のことだけでなく、それを成り立たせる人々全体に思いを致すことができるのである。

今まで能も歌舞伎も相撲も、天覧や上覧という偉い方の見学の際に変化し、権威づけすることで続いてきた。これからは興行を応援し楽しむ人々のために、変化しなくてはならないだろう。

（18・5・2）

女性の仕事を見下すな

江戸時代にはもちろん「セクハラ」という概念は無い。なぜなら「人権」という概念が無いからだ。人権概念こそまったく新しい近代の大発明で、近代の特質である。ハラスメントの行為者はそこから見て、現代人でも近代人でもない野蛮人である。

江戸時代は人権社会から見ると「役割社会」であった。どのような階級や階層であろうと、家や社会での役割が重要視され、下層の貧しい人であっても役割を十分に果たす人は尊敬された。女性たちは、生産者としては農業のさまざまな仕事や機織り、紙すき、漁業や林業の現場で働き、商業でも従業員に指示を出しまとめる仕事から、台所仕事、針仕事までであって、ほとんどの女性が働いていた。色を売る人々も「もてなし」がその役割であって、崇拝や尊敬を受けている女性も少なくなかった。江戸時代では人権概念はなかったが、仕事や役割に対する敬意はあつかったのである。

そこから前財務事務次官のセクハラを見ると気になることがある。それは人権意識の薄さとともに、女性の仕事に対する敬意がまったく見られないことだ。さまざまな情報をもつ高級官僚という強い立場を使って、情報をもらう側の弱さにつけこむという構造が明確である。官僚にとって報道関係者とは、透明性の高い民主主義国家を作り上げるために協力し合う関係であるはずだが、前次官は記者を明らかに見下している。それとともに「お店の女性」も見下している。まるで、もてなしを仕事としている女性たちには性的なからかいをしてもよいとばかりの発言もあった。「言葉遊び」と表現しているが、人を自分の下に置こうとする「からかい」、すなわち嘲弄（ちょうろう）である。

こういうことをする人は現代から見ると野蛮人で、江戸から見ると典型的な小人（しょうじん）である。小人とは君子の反対語で品性のいやしい人を意味する。

（'18・5・9）

六八年続く朝鮮戦争

一九五〇年に始まり、休戦協定が結ばれたものの六八年間も続いた戦争。それが終わるかもしれない。その可能性に心揺さぶられた。

江戸時代の日本と朝鮮国とは深い親交があり、朝鮮通信使がたびたび来日した。日本人は熱狂し詩の交換を求め絵に描いた。南北会談の前に朝鮮国時代のパレードがおこなわれたが、朝鮮通信使をほうふつとさせるものだった。

江戸時代に入る前、日本人の朝鮮侵略があった。結果は日本の敗北。江戸幕府は数々の政策転換をおこなったが、なかでも大きかったのは海外侵略を放棄し内戦収束に注力したことだった。徳川政権は一三〇〇〇人余りの捕虜を送還し、朝鮮国との対話に入った。

朝鮮陶工は日本で磁器を焼いた。それは日本の主要な輸出品になった。世界最高レベルの朝鮮活字を見習って日本に活字出版が生まれ、これは日本の教育環境を格段に向上させた。後に版木に転換するが、日本が読書の時代を迎えた契機は、朝鮮活字であったことは間違いがない。寄港を禁止したポルトガル船のかわりに薬種や糸類を対馬経由で朝鮮から輸入し、朝鮮人参(にんじん)や木綿の国内生産に成功した。技術的にも文化的にも日本は朝鮮国を見習い続けていた。

私の感慨のもうひとつの理由は、日本が同じ運命をたどった可能性である。しかもソ連、米国、英国、中国の四カ国による分割統治案だった。最終的に二分断されたとしたら、板(パン)門店(ムンジョム)と同じように東京のすぐ東か、あるいは糸魚川静岡構造線あたりに境界線が作られただろう。人ごとではない。しかし敗戦国である日本はそれを免れ、日本に植民地支配されていた朝鮮半島が分断されたのだ。

私の世代は朝鮮戦争の最中に生まれ、その特需と経済成長の中で育った。六八年間がほぼ自分の生きてきた時代だったのである。高校生のころ「イムジン河」という歌は、その下に踏みしだかれた世界だと感じていた。

('18・5・16)

研究者は屈しない

「人権」という考え方は近代になって出現した、とすでに書いた。もうひとつ「データに基づいてものを考える」という姿勢も近現代特有のものだ。

江戸時代の情報は「読み売り」と呼ばれ読みながら売った。事実に基づくというより、事実を織り込みながら語り物、芝居、読み物類をない交ぜて物語化し、関心を呼ぶのである。瓦版は地震の被災人数や大火の焼失範囲を知らせることもあったが、足で集める取材方法には限りがある。徴税のための人口や生産量把握は比較的正確だったが、市民が自らの生活の質を上げるためにデータを入手できるのは、やはり現代ならではなのだ。今やデータは、人権を守るためにも重要な道具である。

国会で働き方改革関連法案の議論が大詰めを迎えている。これに関して、データの誤りを指摘した研究者に対し国会議員が、誹謗（ひぼう）中傷と受け止めざるを得ない発信をした。研究者が専門家として責任をもってデータを集め、分析し、社会的発言をおこなうのは世論の深化と社会の問題解決に極めて重要である。明治時代の人々は、権力が官僚に集中している状況を変えるために国会の開設と憲法の制定を求め、実現した。議員は、その国会で事実に基づくデータを共有した上で政策論争をおこなうのが仕事であって、異なる意見をつぶすためにいるのではない。

文部科学省の科学研究費も、研究を通して時代が抱えている問題に気づき、警鐘を鳴らし、解決方法について多様な議論を巻き起こしていくために大切な役割を果たしている。不正防止の厳重な仕組みをもち、若手研究者を育てる場にもなっている。しかし、これに対しても狭い政治的な主観から研究者を攻撃する動きが始まっている。

大学のホームページ上に総長メッセージを出した。研究者たちの萎縮は社会の退廃を招くからである。学問は社会とつながらなくてはならない。

（'18・5・23）

私立大学の多様性

一〇〇以上の私立大学で構成されている日本私立大学連盟が「未来を先導する私立大学の将来像」をまとめた。この提言の委員会座長を務めたことから、その意図を紹介したい。

私立大学は日本の大学生の八割を擁し、その教育を担っている。社会に圧倒的に影響力のある私立大学だが、その建学の精神も成立過程も価値観も、教職員の組織も立地も、学部構成や規模も、それぞれ異なっている。じつに多様なのだ。「未来を先導する私立大学の将来像」は、まずその多様性を強調し、その特質を失わないこと、むしろそれをさらに伸ばし、強調していくことが重要だとした。

今課題とされている日本人の能力の目標は思考力・判断力・表現力そして自主性や意欲であって、単なる知識量ではない。学ぼうとする人々が自分に合った大学を自ら選び、意欲的に学べるようになることが、いっそう大切になるのである。

日本の代表的な知識人、故・鶴見俊輔は「一番病」という言葉を残した。一番病とは優秀なエリートであるにもかかわらず人間として最良の判断ができず、一番であることにこだわる病のことをいう。

昨今の官僚たちの態度を見ながら、私はこの言葉を思い出していた。提言では教育の目標をランクに置くのではなく、「人間としてのあり方を自らに問うことのできる、主体的で洞察力に富んだ思考力」に置いた。

変化が大きい時代を乗り切っていくには多様性が不可欠である。一五〇年前、日本がそれまでとは全く異なる国をつくり上げることができた背景には、江戸時代の約二七〇の藩の自立した産業と多様性と主体性があった。その藩士たちこそが、新しい国をつくったのである。

これからは、教育機関の固有性と主体性が問われる。

（'18・5・30）

女性分断社会を超えよう

さまざまなメディアでセクハラ批判が止まらない。それはそうだろう。今まで黙っていた分、一気に噴き出しているのだ。拍車をかけたのは、被害者の女性記者を犯罪者扱いした元文部科学相や、運動に立ち上がった女性たちに対する衆院議員の「セクハラとは縁遠い方々」発言である。

そこに見えてきたのは、女性を分断している男性の意識である。江戸時代の事例がわかりやすい。井原西鶴は「傾城（けいせい）」と「地女（じおんな）」という名称で、女性を分類してみせた。遊女と普通の女性という意味である。遊女は性的な対象で、その中でも傾城と表現されたのは、高い教養と芸能に優れ、日本文化の一端を担った女性たちのことである。地女はまさにその名のとおり土地の生産に根付き、家族とともに生き、家を守って現実を生きる女性たちだ。その中には、大店（おおだな）（大企業）の重役のような立場で働く女性たちも入る。江戸時代の女性たちは、経営者としても機織りなどの職人としても優れた人が多く、農業のプロとしても仕事に誇りをもっていた。しかし西鶴は、傾城の方を高く評価したのである。

傾城も仕事の一種である。西鶴は優れた傾城を称賛したわけだから、「仕事の質」を基準にすれば、傾城と地女を区別する必要はなかったのだ。性の対象かそうでないかで女性を分断してしまう心の習慣は、男性特有のものだ。それにしても、極めて主観的で自己欲求中心的な基準である。この男性の性を基準にした自己中心的性格は、江戸時代から現代まで何も変わっていないのである。

五月一六日、候補者男女均等法が成立した。数だけ増えればよいわけではない。女性たちは、自分以外の人や異なる意見を尊重する姿勢を意識的に保ち、社会や男性をリードしていく役割がある。自分のためにではなく、社会や世界のために仕事をするのが、「女性の活躍」であろう。

（'18・6・6）

教育とスポーツ

法政大学の卒業生、群馬・前橋育英高校の山田耕介校長にお目にかかった。山田校長は社会科の先生であり、校長である。そしてサッカー部の監督でもあって、今年一月、全国高校サッカー選手権大会で初優勝を果たした。

赴任した当時は問題を抱えている高校だったという。山田先生はその環境の中で、生徒ひとりひとりの内にある輝きを発見していく。「短所ばかり目につく子でも、角度を変えて見ると違った面も見えてくる。サッカーの指導でも同じことで、長所を発見して伸ばしていく。そうすると次第に短所は消えていくものです」と語る。二年で出身地の九州に帰るつもりが、生徒たちの輝きにひかれ三〇年が過ぎた。そしてインターハイ常連校へと学校は変わっていった。

生徒が自分の価値を自覚することが、全ての能力を伸ばす上で欠かせない。力で支配しても能力は伸びない。大学を含めた学校スポーツは勝利が目的ではなく、教育そのものなのである。もはや運動能力と忠誠心で就職できる社会でもない。指示を待ち理不尽に耐え、歯車になって働く能力は求められていない。高いリテラシー、理解力、コミュニケーション能力、自分で考え判断し設計する能力が求められている。それらをスポーツを通して得る要は、指導者のあり方なのだ。

江戸時代では外の道場での稽古(けいこ)が主流だったが、藩校でも剣道や柔道を教える例があった。しかしそれによって学校が有名になることはなく競争もなかった。教育の一環だからである。欧州の学校でも、スポーツは紳士になるための過程である。

法政大学は体育会の運営体制を教育目的のもとに改革し続け、昨年度は大きな組織再編を行った。能力を十全に引き出すことのできる教職員、指導者、そして教育環境があってこそ、大学スポーツの選手たちは高い能力を発揮することができる。

（'18・6・13）

慰霊の日に考える

六月二三日は沖縄の「慰霊の日」である。以前も慰霊の日にちなみ終戦日について書いたが、今回気になっているのは日米地位協定だ。

沖縄県はホームページで、「他国地位協定調査中間報告書」を公開した。この中間報告では、ドイツとイタリアにおける米軍との地位協定について調査し、日本と比較している。ドイツもイタリアも日本と同じく、先の大戦の敗戦国だ。そのドイツでは、米軍の航空機事故により国民世論が大きくなり、抜本的な見直しを要求している。イタリアでも米軍機によるロープウエー切断事故をきっかけとして米軍機の訓練に対する許可制度や飛行規制などを大幅に強化した。国民世論を背景に、交渉を実現させているのである。その他にも、ドイツでは周辺自治体の首長や職員は米軍基地に立ち入りができる。警察官も常駐している。イタリアの米軍基地は全てイタリア軍司令官の下に置かれている。

一方、日本政府は締結以降、米国に対して改定を提起したことは一度もないという。国内法が適用されず、合意した飛行制限なども守られない。米軍機の墜落や部品落下、米兵の犯罪は後を絶たない。にもかかわらず改定や国内法の適用を政府が交渉しないのは、もしかしたら沖縄県外の世論が高まらないからではないだろうか？

外国の軍隊が駐留するなど、江戸時代の日本では想像もできない。アメリカ、アジア、アフリカが植民地化されていくなかで、日本はそれを回避できていた。改定交渉すらできない駐留を認めているのは、日本の歴史上、戦後だけである。なぜこの大きな課題に世論は高まらないのか？　県外のマスコミの姿勢と私たちの意識の持ち方で、世論は変わるはずだ。

沖縄は壮大な自然と独特の文化をもった日本の宝である。少子化も経済の困難も、乗り越えて発展する可能性が極めて高い。世論がそれを可能にする。

（'18・6・20）

雨の聖堂

法政大学は千代田区の九段三丁目町会に属していて、町会は日枝神社の氏子である。そこで日枝神社（山王大権現）の例大祭で、私も行列とともに八日に歩いた。

江戸時代は江戸城に練り込んで将軍に見せた。そこで、神田明神の祭りとともに「天下祭」と言われた。旧暦六月一五日が例大祭であった。新暦では今年は七月二七日になる。本来はずっと後にやっていたのだ。さぞかし暑かったろう。

練り込む瞬間が広重の「名所江戸百景」に描かれている。壮大な山車と花笠（はながさ）の人々が堀を渡って行く。すでに夕暮れで、水が涼しそうだ。「名所江戸百景」に夏の情景は三〇点もある。いずれも緑が深く水が涼しく、しっとりした空気に満ちた絵ばかりだ。その中の一枚に「昌平橋聖堂神田川」がある。神田川の水の向こうに湯島の聖堂の外壁のつらなりが見える。雨が降っている。

一七九〇年、聖堂で大学頭をつとめている林信敬に対し、幕府から教育内容を朱子学のみにするようお達しが出た。まだ憲法も国会もなく「学問の自由」が保障されていない時代のことである。儒学には徂徠学派も仁斎学派も折衷学派もあり蘭学も国学も盛んで、とにかく議論が盛んだった。朱子学者たちは危機感を強めたのであろう。儒学の政治思想が拡散し、根幹が失われるのではないか？　時代の変化に合わせ過ぎでは？　それが老中を動かしたのだった。

そうして「寛政異学の禁」は発令された。ただし幕府の学校、聖堂のみにである。幕臣がおのれの襟を正すために自らに発令したのだ。今で言えば、官僚たちが自らを戒めた。見事だ。

しかし命じられてもいないのに、幕府の意向を忖度（そんたく）して藩校に朱子学者を用いる藩もあったという。忖度はあらゆるところで起こる。町人たちも命じられていないのに反発した。権力はどういう影響を与えるか。いつの時代も意識すべきことである。

（'18・6・27）

七夕

もうすぐ七夕だが、今年の七月七日は旧暦ではまだ五月二四日で、梅雨の真っ最中である。さわやかな風の吹く秋の星祭りである七夕とは季節がまったく異なるので、私は毎年とまどう。今年の本来の七夕は八月一七日だ。

江戸時代は七月から秋になる。七夕恒例の虫干しも、湿った空気が乾燥し始めるからおこなうのだ。広重の「名所江戸百景」の「市中繁栄七夕祭」は、秋風が江戸の空を吹き渡るさわやかさを見せている。まるであらゆる家で笹竹(ささたけ)が立てられているようで、まさに江戸の豊かさを目で確認できる。笹竹にさまざまなものを飾りつけて祈ることは、江戸時代に始まったとされる。「市中繁栄七夕祭」の笹竹には大福帳、そろばん、スイカやヒョウタンや鯛や杯の作り物が下げられていて、人々がこの織り姫の祭りを経済的な豊かさと結びつけていることがわかる。

ひとつひとつの背後に商いが見える。七夕のころ竹売りは大繁盛だった。竹売りは盆の季節には魂棚（たまだな）の飾り用の竹を、暮れには煤（すす）払い用の竹を売る。短冊屋も大活躍。夏はスイカの立ち売りがあちこちに出た。単一商売が経済を支えた。

NHKの番組「シリーズ大江戸」はとても面白く出来上がっている。今までのところ、江戸の特徴を「水都」「商都」「火の都」と位置づけた。「商都」の回では、江戸時代の日本の経済成長率が、多くの植民地をもっていた英国に次ぐものであったことも明らかにした。それは、全国の大名領の富が江戸に集中したのち、商人たちが創り上げた流通の勢いゆえだった。

しかし、その流通の背後に幾多の技術革新があったのである。優れた商品があるから、盛んな流通がある。七夕は単なる年中行事ではなかった。織り姫・牽牛（けんぎゅう）に表現されるように、職人たちの技術力と産業、そこにつらなる実践的な学問への祈りだったのである。

（'18・7・4）

震災

ちかごろ地震が続いている。日本はそもそも地震国だ。江戸時代でも、複数の地震が起こった。

初期の大震災が、新暦で一七〇三年一二月三一日午前二時ごろ起こった元禄地震である。房総沖を震源地とするマグニチュード（M）八・二の地震で、翌〇四年には、これ以上の災いを回避するために「元禄」を「宝永」とした。新井白石はこの時、庭に板戸を並べて地割れから家族を保護した後、「家が倒れると火が出るぞ！　消せ！」と大声で叫びながら走って行った。冬には今より多くの火事が起きた。そこで、「火を消せ」と叫ぶのだ。

年号を変えても余震は避けられなかった。新暦で〇七年一〇月二八日、東海、東南海、南海に連動型地震が起こる。その四九日後、富士山の側面で大噴火が起こり、江戸にも火山灰が積もった。この噴火によって富士山には側火山である宝永山が出現したのだ。この後、富士山は噴火していない。

江戸に大きな被害をもたらした大震災は幕末の新暦一八五四年にも起きた。つまり中小の地震や火災はともかく、大震災はこの二回しか起こらなかった、ということである。戦争もなかった。江戸時代の経済的文化的発展は、この大震災の回数とも関係ありそうだ。

被災した人々は襖(ふすま)や障子や戸障子を使って家を組み立て、自分たちで仮設住宅を作った。自主的に「火の用心」を呼びかけ、拍子木をたたいて注意を喚起した。武士は自分の家の米で握り飯を作り、町で被災者たちに配った。美談ばかりではない。留守を狙った強盗もいれば、親を捨てて逃げた娘の話も記録されている。

江戸では火事除(よ)けのために瓦屋根が増えたが、地震の時に崩れやすいというジレンマもあった。今日のブロック塀の崩壊やインフラのまひのように、その都度考えねばならない課題がいつの時代もあって、それらに向き合って生きてきたのである。

('18・7・11)

晩節という楽しみ

江戸時代は今のような高齢化社会ではないが、ゆるやかな人口増加のなか元気な高齢者は多かった。浮世絵や都市図、農耕図のなかにも、孫の面倒をみる高齢者や働く高齢者が見える。農村ではとりわけ、分担する仕事が多かった。病院や高齢者施設が存在しない江戸時代の老いかたは、在宅医療と自宅での高齢生活が広がっていくこれから、見習う必要が出てくる。その要は「晩節」であろう。

貝原益軒「養生訓」には、親を養う養老の方法や、老いていく人自身のための心がけなどが見える。「老後一日も楽しまずして、空(むな)しく過ごすはおしむべし。老後の一日、千金にあたるべし」というのが、老いの基本だ。ここでいう老後とは家督を譲ったあとのことで、それでもさまざまな役割を果たしてはいる。

楽しむという方針とは正反対なのが「いかり多く、欲深くなりて、子をせめ、人をとがめて、晩節をもたず、心をみだす」ことだ。「晩節」すなわち高齢における節度は「楽しむ」条件なのである。

高齢者になってみて、自己制御能力が高まることがわかった。自分との付き合いが長くなり、体調が悪くなるきっかけや、身体と心の関係を把握できるようになるからである。速度と判断力を持ちつづけるためには、均衡のとれた落ち着きを保つ必要がある。その状態をめざして、毎日体を動かすことと、食事の量や時間に気を付けるようになった。晩節とは我慢することではなく、己を知ることによって、どのような環境に置かれようとも、目標とする状態を創造することなのだ。

益軒の述べる恨み、怒り、嘆きなどの感情的な問題は、混乱を言語化できないことから起こる。書を読み言葉を学び続けた高齢者であれば、若者より言語化能力が優れ、感情を制御できる。これもまた、学びと創造の過程だ。なるほど晩節とは、創造の楽しみそのものなのである。

（'18・7・18）

晩活

前回「晩節」について書いたが、これからは高齢者が活躍する「晩活」も大事だ。江戸時代には「隠居」という生き方があった。井原西鶴は商人だったが三〇代で俳諧の宗匠となり、隠居して四〇代から多くの小説を書いた。松尾芭蕉は江戸で町名主の町代を務めていたが、やはり三〇代で隠遁（いんとん）し全国を旅しながら俳諧師として生きた。歌川広重は武家をついでいたが、二〇代後半で家督を譲り隠居して浮世絵師となった。年齢に関係なく、家督を譲ることで隠居となる。秩序の「隠」にまわった多くの人たちが活躍し、江戸文化を築いたのである。

むろん高齢隠居もいた。伊能忠敬は一〇代で下総国佐原村の伊能家の婿養子となって家業を立て直し、資産を一〇倍に増やしたと言われる。三〇代で佐原村の名主となる。四〇代で暦学を独学で学び始め、やがて家督を譲って五〇歳で江戸に出て幕府天文方の高橋至（よし）

時に入門。五〇代なかばで私財を投じて測量を開始し、幕府の依頼を受けて満七一歳まで測量を継続した。家族と地域の責任を果たした後に研究の道に進んだわけだが、単なる趣味ではなく、日本の未来に大きく貢献したのだった。

伊能忠敬が亡くなった年に生まれたのが松浦武四郎である。二〇代から蝦夷地、樺太、国後島、択捉島を歩き、三〇代後半からは幕府の蝦夷地御用掛となってさらなる調査をしている。アイヌ民族に対する過酷な差別に苦悩し、幕府の仕事を退いて多くの書物を著した。明治になると五〇代で東京府の開拓判官に任用されたが、やはり新政府のアイヌ政策に賛同できず辞任。その後も書き続けた著作は、極めて貴重な記録となった。

人生は長くなる。そのとき人にとっての時間の価値は、江戸時代がすでにそうだったように、どの組織に属したかより、社会や人とどう関わって何を残したか、に置かれるだろう。晩節だけでなく、勇気も欲しい。

（'18・7・25）

忖度社会

「雨の聖堂」（本書五四頁）で「忖度（そんたく）」について触れた。寛政異学の禁を発令した幕府の意向を忖度して藩校に朱子学者を用いる藩もあった、と。民主主義の理念がなかった江戸時代は、その理念にのっとった法や手順が整えられていない。そこでとりわけ上下関係の厳しい武家では、上を忖度し下に忖度させる社会が出来上がっていたと思われる。

「息子が受験するのでよろしく」と、文部科学省の前科学技術・学術政策局長は医大の前理事長に言ったという。加点を依頼してはいないが忖度を求めたということだ。忖度はセクハラと同じで、権力関係が存在するところでのみ力を発揮する。社会に民主主義が定着するには何よりも公正さが必要だ。そう考えると、日本はまだ忖度社会から脱しておらず、民主主義の倫理と議論の力が浸透していないのであろう。官僚社会に忖度が広がっているようだが、政治家もそれを利用しているように見える。

江戸時代の人々には確かに、他人の心の痛みや苦しみをおもんぱかる文化もあった。それは忖度ではなく「側隠（そくいん）」という。側隠は他者のために行動する仁への道であり、忖度は自分のために他人を利用する欲の道なのである。権力を持つ者の望むことを推測しそれを差し出すことで、自分の望むものも手に入れる。権力を持つ者は、欲しいものを「よろしく」とにおわせて忖度を誘う。そういう取引なのである。

死刑判決を受けた、麻原彰晃をはじめとするオウム真理教信者たちの処刑が実施された。映画監督の森達也氏は著書「Ａ３」で、この教団の暴走の要因は「忖度の集約」であると論じている。彼らの証言は、現代社会の忖度構造の無責任性と危険性を明らかにする上で、極めて重要なものであったはずだが、この社会は、麻原から真相を聞き出さないまま処刑した。忖度は犯罪としては告発できないが社会を危険にさらす。忖度社会を超えねばならない。

（'18・8・1）

琉球国その文化の高さ

東京は六本木にある「東京ミッドタウン」。そのなかにサントリー美術館がある。今年は九月二日まで、「琉球美の宝庫」を開催している。今までにも、沖縄県を含めさまざまな博物館で、私は琉球の工芸品を見てきた。その代表は螺鈿（らでん）をほどこした漆器で、それも見慣れていた。しかし今回は照明の当て方に工夫があって、螺鈿をほどこした漆器が実に美しかった。夜の琉球の月明かり星明かり、あるいはろうそくの光で見たらこうではないかと思え、まるで琉球にいるような心地になった。

琉球の絵師による質の高い絵画類も展示され、中国の影響を受けた琉球文化の技術レベルの高さも実感できた。琉球王国で絵を描く絵師たちの一部は、首里王府の貝摺（かいずり）奉行所に所属していたという。貝摺奉行所とは、貝摺師や絵師などの職人を監督し王家や献上用の漆器製作を管理した部署である。この奉行所に所属する絵師は絵を描くだけでなく、さまざまなデザインにも携わった。貝摺奉行所や王府直属の宮廷絵師たちの絵は中国の影響を強く受けている。たとえば絵師の山口宗季が呉師虔という中国名を持っていたように、彼らは中国的なリアリズム絵画や山水画を深く学び、自分のものにしている。同時に日本の絵師たちの作品も学んでいて、琉球独特の絵の世界を作り上げたのだ。日本よりずっと早くから東南アジア交易をおこなっており、その文化も消化していた。

以前、沖縄県の高江で、芥川賞作家の目取真俊氏らに対し、大阪府警から派遣された機動隊員が「土人」と発言したことがあった。江戸時代の日本人は、朝鮮国と琉球国が日本より高い文化を持った国であることを知っていたが、今の警察官は、琉球人が日本の先住民ではないことも知らず、日本より先進的な学問と文化を持った異国の人であったことも知らない。なるほど、差別は無知から生まれる。

（'18・8・8）

命は生産物か

ＬＧＢＴの人たちは生産性がないのだからそこに税金を使うべきではない、という自民党議員の考えを知ったとき、税金を使って不妊手術をした旧優生保護法を思い出した。生産と生産禁止という反対方向を向いているものの、そこには人の命を生産物もしくは生産の道具、と考える価値観がある。

農業の革新に取り組んだ江戸時代の大蔵永常は、綿花栽培の普及にもつとめた。その著書「綿圃（めんぽ）要務（ようむ）」で綿花栽培に熟達していた祖父のことを書いている。ある日激しい夕立に遭った。困惑したかと思いきや、祖父は「綿どもが生き生きとしてよろこびあへる」と、まるで子供を見るようなまなざしで綿花を見ていたという。永常は綿花栽培の過程を丁寧に記述した。子供を育てるように励んではじめて高い収穫を得られる、と考えたのだ。かつて子供は「子宝」であり、生産するものではなく自然界からの「恵み」だった。そして農産物は、難しいものであるほど、まるで子供のように手をかけて育てた。ここには自然界の中からやってくる恵みとしての「命」がある。だからこそ布は循環的に使用され、最後に灰になるとそれが土に戻った。いつから命は生産物になったのだろうか。

人間の命を総合的に見れば、簡単にその「目的」を定めることはできない。税金を使う価値があるか否かを問う人々は、命の目的が国家の財を増やすことにあり、国家に奉仕する人間にこそ価値があると言いたいのだろう。

しかし、この国家主義的で工場生産的な価値観は古いだけでなく楽観的に過ぎる。現実に存在する人の多様性を拒否したところで、日本の少子高齢化の流れは変わらない。政治家が今しなければならないことは、少子高齢化がもたらす巨大な危機を最小限に抑えて日本を持続可能な国にすることだ。それをしないで差別に時間を費やす議員は、税金を無駄遣いしている。

（'18・8・15）

多様性に対応する

女性医師は十分な活躍ができない。だから入学者を少なくする。このような現状の追認によってコストを削ろうとする姿勢が、社会を停滞させる。私を含め経営者が気をつけねばならない点だ。

経理や経営を得意とする人たちの中に、しばしば赤字黒字にのみ注目して全体が向かうべき世界像を考えない姿勢が見られる。経済（経世済民）は何のためにあるのか？　常にそこに戻って考えたい。

医師である小倉加奈子さんのエッセーを読んで、問題のありどころが分かってきた。小倉さんは二人の子供を育てながら仕事を続けている。女性医師たちは悩み、相談に来るという。男性女性に限らず医師の多様な生き方が許容され、キャリアの継続が支援されることが重要で、それでこそ医師が能力や特性を伸ばしていくことができる、と小倉さんは書いている。つまり日本の現場は、多様性という現実に全く対応できていないのである。社会の大きな変化のなかで幾種類もの能力が求められている。柔軟な思考力、判断力、外国語を含めたコミュニケーション力、他者への共感と理解力、ITについての知識とそれを生かす能力、問題発見能力、専門性と俯瞰(ふかん)の両立など、とても一人では持ちきれない多様な能力が必要とされている。これらの能力を組み合わせることなしに、未来を切り開くのは難しい。

江戸時代には「連」があった。まさに異なる能力と個性を持った人々が集まって創造力を発揮する仕組みである。絵の巧者と彫りや刷りの技術者、俳諧師や新発想を得意とする人が集って浮世絵のカラー印刷技術が開発されるなど、多くの創造が連でなされた。そこには、人を組み合わせるコーディネーターがいた。

これからの社会の発展には多様性への対応が必須だ。それを基本に人事や経営を仕組まねばならない。結局はそれが無駄な出費を抑える。

（'18・8・22）

コンパクト化

札幌出張の機会に北海道夕張市を訪ねた。リニューアルされた石炭博物館では、石炭が一八八八年に発見され採掘のために約一二万人を数えた人口が、現在の八二二五人となるまでを俯瞰(ふかん)できる。模擬坑道では採掘技術の変遷も知ることができた。石炭は江戸時代にはすでに使われていた。しかしその採掘のために人口が急増することも激減することもなかった。温暖化をはじめ私たちの世界に大きな変化をもたらし、生きる上での困難の原因になるのは、石炭や石油そのものではない。エネルギーの膨大な使用なのである。

法政大学と夕張市は協力協定を結んでいる。学生によるボランティア活動やゼミ合宿など、夕張市を訪問した法政大学生は約三〇〇人にのぼる。教員が国内留学先に夕張市役所を選び、行政資料の調査や整理を行ったこともある。公共政策フィールドワークの実習も夕張市で実施する。市役所や議会、社会福祉協議会等を訪問し、調査や意見交換を行って学生自らが課題を考える実習授業だ。法政大学出身の鈴木直道市長との協力関係が、学びに生きている。

注目したのは、夕張市の特質に沿った独自のコンパクトシティー化である。東京二三区よりも広い市域は細長い。かつて大小二四の炭鉱があり、河川沿いの炭鉱坑口ごとに街が作られていた。広範囲に散らばった街は高齢化と人口減少が進んでいる。そこで中心部に住宅と商業施設を建設し、移住が始まっている。高齢者だけでなく子供のいる家族も居住できるようになっている。住宅は炭鉱長屋の記憶を反映した平屋で、屋根の雪下ろし不要の構造にもなっている。コンパクトシティーは、町の特性に沿った方法で構成することで、初めて機能することが分かった。

エネルギーもインフラも、日本中でコンパクト化を検討し始めねばならない。夕張市の政策と実践は、いつも多くのことを考えさせてくれる。

（'18・8・29）

自治体の長

八月八日、「琉球国その文化の高さ」を当欄に掲載したその日に、翁長雄志沖縄県知事が亡くなった。何とも残念で悲しい。昨年の一〇月、法政大学で開催された「東京・結・琉球フォーラム」の講演に来てくださった。台風と総選挙が重なった中で会場に駆けつけ、その講演は沖縄の現実を東京の人々にぜひ知ってもらいたいという気迫であふれていた。

基地関連収入は今や沖縄県経済全体の五・七％しかない。県の人口と雇用は増え続けている。大学進学率も上がっている。少子高齢化が進む日本における沖縄の発展は驚くべきもので、政府の基地政策は、それ以上の発展を妨げているように見える。地方創生の理念と矛盾するのではないか。

沖縄返還の年、法政大学の中村哲(あきら)総長は沖縄文化研究所を設立した。パスポートを持って法政大学に入学した翁長氏は、兄の助裕氏を通して中村総長や沖縄文化研究所長となった外間守善（ほかましゅぜん）教授と交流したという。そのころキャンパスには翁長氏と私と、そして菅義偉官房長官が在籍していた。

翁長氏は個人的な利害も党利も超え、沖縄県の人々の平和への意思をまとめ上げ、県外と米国に対して沖縄の真の姿と展望とを発信し続けた。日米地位協定の改定の必要性も、辺野古移設についても、明確なメッセージを発し続けた。自治体の長は何をすべきかを考えさせられる。

江戸時代の藩は独立しているとはいえ、幕府の制御下に置かれていた。藩士たちは国政に参加できなかった。外圧がきっかけではあったが、明治維新とは藩士たちに蓄積された、国政参加への熱望による革命だったのである。必要だったのは藩主が意思をまとめ上げ幕府と渡り合うことだったが、それがなされなかった。結局それが幕藩体制を崩壊させた。政府に県民の意思と、その発展の可能性を示すことがいかに重要か、翁長氏は示してくれた。

（'18・9・5）

逝きし世を考える

熊本で大学の保護者組織の催し物があり、その機会に渡辺京二さんにお目にかかった。法政大学のホームページ上にある対談シリーズ「法政オンライン」に出ていただくためと、熊本市民の皆さんの前で対談をするためである。渡辺さんは私が敬愛する思想史家であり、誇りに思う法政大学の卒業生なのである。

一九九八年に刊行された渡辺さんの「逝きし世の面影」は、江戸時代日本のイメージを一変させた。すでに八〇年代に私自身も含め、江戸文化をそれまでとは異なる視点から捉えるようになっていた。その動きに対しては「封建制度の日本を評価するのか」という批判が起こり、「明るい」などと一度も書いたことはないが、「江戸時代を明るい時代とした」とも攻撃された。渡辺さんもそのような批判にさらされた。しかし「逝きし世の面影」は来日した外国人たちの言葉で構成されたもので、そこに浮かび上がった欧米とは異なる世界には、明確な価値観が見える。渡辺さんはその世界を「江戸文明」と喝破したのである。いま江戸時代の伝統とされるものは、江戸文明がすでに崩壊した後に残った「断片」にしか過ぎない、と。

渡辺さんは「黒船前夜」で、アメリカではなくロシアと日本の深い関係を書き、「バテレンの世紀」で、日本が最初に遭遇したヨーロッパ人たちとの関係を書いた。一貫しているのは「人類史としての日本史」である。

話は明治維新に及んだ。幕藩体制のままで世界貿易に参入したら、あるいは西郷隆盛が政権を握ったら、どういう日本だったか。おそらく地方分権が残り食料自給率は今より高く、経済や工業が世界屈指にはならなかったかわりに莫大(ばくだい)な国家債務や急激な少子高齢化はなかったろう。歴史に「もし」はないが、ありえたかもしれない幸福や価値について考えるのは、引き返せるかもしれない今だからこそ、意味がある。

（'18・9・12）

せごどんの謎

前回話題にした渡辺京二さんとの対談では、「西郷隆盛が政権を握ったらどういう日本になったか」という話にもなった。渡辺さんは著書「北一輝」で、西郷が土地共有制の上に成り立つ農民のコミューンを基礎とする、道義的なコミューン型国家への志向をもっていた人だったと論じた。それが北一輝にも受け継がれたという説である。そこで西郷が日本を担っていたら、今日のような日本ではなかった、という対話になったのである。そのことは、江戸時代との関連で理解できる。

しかし私は西郷がなぜ征韓論を主張したのか理解できない。幕府は対等の国として朝鮮通信使を正式に受け入れるため、将軍を「日本国大君」と称して外交関係を結んでいた。朝鮮は中国の冊封国（さくほうこく）として「国王」称号をもっていたが、それは中国皇帝の臣下を意味する言葉であり、冊封国でない日本は別の称号が必要だったからだ。

明治維新後、日本国の代表は天皇となった。しかしそのまま「皇」の文字を外交文書に使えば、朝鮮国王を臣下に位置付ける意図と受け取られても仕方ない。幕府の高官であればそういう誤解を受けないよう従来の称号を使いながら新体制の説明を尽くしたであろう。維新政府の高官は藩士の出である。文書を拒否した朝鮮国を「無礼」と解釈したのは、そのことを理解していなかったからではないか？　理解していたとすれば戦争を起こして支配する目的で意図的に敵対心をあおったことになる。

渡辺さんは、明治維新の原因は軍事的外圧、と明確に述べる。それがなければ幕府はゆるやかに世界外交に入っていったはずだ。そこに征韓論が起こる理由はない。地方藩士の政治参加が別のかたちで起こり、日清・日露の戦争も不要だったかもしれない。維新の担い手たちは本当に内発的に新しい国の形を考えていたのだろうか？　大河ドラマでは、征韓論をどう描くのだろう。

（'18・9・19）

新卒一括採用が変わる

「新卒一括採用は一〇年以内になくなる」と大企業の代表から聞いたのは二年前だった。このたび経団連会長が就活ルールの廃止に言及した時は驚かなかった。これは大企業が本格的に通年採用に踏み切る、というメッセージだ。

江戸時代はそもそも「一括」という現象がない。農家も商家も職業ごとに働き方もルールも異なり、家（企業体）によって事情が異なるからだ。都市では職業仲介者が通年、動いていた。一斉就職は近代工場労働に始まり、終身雇用につながっていた。それが続いていることに無理があった。

大学は企業の新卒一括採用を前提に、学生が学業を達成しながら順調に就職できるよう多大な努力をしてきた。グローバル化の時代を迎え、法政大学は手厚い援助で学生の留学を促してきたが、留学した学生に不利な就活体制は変わらなかった。大学や大学院における努力は決して仕事の質と無縁ではないにもかかわらず、企業はＧＰＡ（成績評価値）や修士・博士学位の取得を採用基準にしてこなかった。法政大学は通年採用時代を見越して、同じ知識を一斉に授けられる方法から、実践を通して自ら考え自らの言葉で表現する学び方へと大きくかじを切っているが、企業は通年採用になかなか踏み切らなかった。今回の経団連会長の発言が通年採用へのスタートならば、学生の立場に立ってその体制をともに作っていくことができる。しかしなぜそう言わないのか。「ルールを撤廃する」とだけ言えば、困惑するのは学生である。企業や経団連は、学生の身になってものを言ってほしい。

通年採用になれば青田買いは不要になる。卒業後にインターンシップや就職活動に取り組むにはどういう方法が可能か。卒業時の成績や成長を条件として早く内定を出す方法もある。大学と企業は、学生がのびのびと最後まで学ぶことができるよう、ともに考えなくてはならない。

（'18・9・26）

代用監獄

ある日の「サンデーモーニング」で、大阪府警富田林署から勾留中の男が逃走した事件が話題となった。青木理氏がこれを解説し「代用監獄」の話をした。これを聞いて私は、江戸の伝馬町牢屋敷（ろうやしき）を思い起こしていた。

江戸では、捕らえられたらまず伝馬町牢屋敷に収容される。そこで裁判と判決を待つのだが、判決の後に科される懲役や拘留というものがなかった。懲役がない以上、判決後の処罰の方法は死刑か遠流（おんる）か所払いとなる。

この方法は現代から見ると二つの点で問題がある。ひとつは冤罪（えんざい）の可能性も含め人権が守られていないことだ。江戸時代と比べると、近現代の最大の長所は「人権」概念の定着である。江戸時代には人権概念が無い以上、いったん捕らえて罪状が決まれば、それを償う機会は与えられず罰が下される。

もうひとつの問題はその「償い」についてである。近代の懲役という制度は優れた制度で、労働をもって償うことができる。労働することで技術と誇りが身に着き、懲役を終えた後で仕事につくことができる。何よりも、償いが社会への貢献となる。江戸時代では石川島の人足寄せ場を例外として、そういう場はなかった。判決がなかなか出ない場合は伝馬町牢屋敷に長く収容されたのである。そこは牢名主がしきる過酷な場で、牢死者も珍しくなかった。病死とされた者たちにも、何が起こったか、事実は知れない。

代用監獄とは何か。判決が出ていない容疑者が収容される、警察官が直接管理する施設のことである。つまり近現代の優れた制度にかなう収容の場ではなく、伝馬町牢屋敷なのである。国際連合の人権委員会でもこの代用監獄が取り上げられるという。

近現代は江戸時代の欠点を本当に乗り越えたのか？　疑問に思うことは多々ある。代用監獄も死刑の存続も、とうてい近現代の美質ではない。

（'18・10・3）

服とジェンダー

ニューヨークでジェンダーフリーファッションが広がっているという。画像をちょっとのぞいてみたが、女性にとっては特段目新しいものではない。女性たちは今までも積極的にパンツスーツを着たり、パンタロンから短パンまでさまざまなズボンをはいたりしてきた。マニッシュなファッションも好んできた。しかし男性が積極的にスカートをファッションに取り入れたことはない。なぜなのか。

和服の形や着方は、そもそも男女の違いがない。体に巻くスタイルは同じである。ギリシャ、ローマからアジア各国にかけて、巻きスカート文化圏では男女とも布を巻いていた。つまりスカート状のものをはいていたのだ。着物はかなり一般的な巻きスカート文化のひとつである。むしろズボンは、地球上の特定の地域に現れた独特の衣類であった。

和服において男女の違いが比較的明確に出てきたのは江戸時代で、女性の着物が床をひきずるように長く（その結果今でもおはしょりがある）、帯が幅広になった。そしてその時にも、マニッシュなスタイルを好んだのは女性の方だった。深川芸者は男性しか身に着けない羽織を着けるようになった。必要とあらば女性は袴（はかま）も着けた。上に結い上げる日本髪も、女かぶきの時代に長い髪を男性風に結い上げた結果なのではないかと推測している。一方男性は、あえて女装や化粧をする人々はいたが、日常のファッションに幅広の帯や長い着物を導入することはなかった。男性はこのように男性性にこだわる傾向が強く、自由と柔軟さに欠けているように見える。

性別ははっきり二分できるわけではなく、グラデーションとして存在することが昨今明らかになってきた。非生産的だと叫んでも、それは人類の普遍である。自分の性のバランスは自分にしかわからない。男性もそれを化粧やファッションで表現するようになると、社会は変わる。

（'18・10・10）

通年採用への道

毎年、卒業生組織である校友会を広げるために海外に行く。今年はロサンゼルスに出かけた。日系人社会の基盤があるからだろうか、土地に根付いて働いている方がたくさんおられる。卒業生だけでなく、在学生の保護者、つまりご子息を法政大学に留学させている方にも出会った。英語だけでなく日本語もできるほうが米国の企業で活躍できるからだ。本学には英語で履修できる学部とコースがあるので学びやすい。

一年間のインターンシップに来ている在学生にも会った。海外の企業で働くためだという。米国の企業には新卒一括採用が無い。大学を通して採用するキャンパス・リクルーティングというシステムがあるが、その方法で就職する学生は大学によって一〇%とも三〇%とも言われる。ともかく一部でしかない。しかしどんな方法をとろうと、採用の際は大学や大学院の成績、学位の取得状況、そしてインターンシップなどにおける実務経験を重視する。年齢は関係ない。従って、企業も多様な期間のインターンシップを実施している。

江戸時代は学問と就職とが別問題だった。そこで人入れ業や口入れ屋という職業仲介業があった。江戸時代の職能は読み書きそろばんの基礎の上に、徒弟制度や経験の積み重ねで鍛えられたが、柔軟な思考と社会を見抜く力で新たな仕事を生み出す能力は、やはり学問で鍛えられたのである。

国際的で柔軟な思考力を身につける高等教育は必須だが、同時に大学は、新たなキャリアを得るために何歳になろうと学ぶことのできる拠点になるべきだ。そこで客観的な指標となる「資格」をより多く設定する必要があり、企業は就職に直接つながらない長期のインターンシップに道を開いてほしい。インターンシップは社会と接する経験である。それによって何を学ぶべきか明確になり、卒業後の充実した働き方にもつながるはずだ。

（'18・10・17）

移民

ロサンゼルスに行った。卒業生は世界のさまざまな場所で生きている。そこで、卒業生の組織を結ぶために、年一回は海外に出かけるのである。

ロサンゼルスは日系移民が暮らしてきた地である。リトル東京と言われる日系の店舗が多く集まる一角に全米日系人博物館がある。そこで、日系移民の歴史が江戸時代末からあったことを知った。「元年者(がんねんもの)」と呼ばれる最初の日系移民一五三人は、江戸幕府とハワイ王国総領事との契約によって移民したのだった。

戦国時代のポルトガル交易のころは、奴隷として海外に売られる日本人もいた。江戸時代初期の朱印船貿易の時代は、東南アジア各地に日本人町が形成された。その町の日本人はキリシタンが少なくなかったという。領地拡大をしているキリシタンに危機感をもつ江戸幕府は、日本人の海外渡航を禁じた。しかしペリー来航直後、プランテーションの拡大のために多くの人材を必要としていたハワイ王国が、幕府に移民交渉をおこなったのだった。

それからが過酷な労働と差別の歴史であった。ハワイはアメリカに組み入れられ、日本人はアメリカ本土にも広がった。日露戦争後から日本人は排斥され差別され、一世は土地所有も借地もできなかった。子供は公立学校に入れず、女性は白人との結婚を禁じられた。その果ての日系人収容所である。「移民の国」による移民差別はその後も続く。白人でない場合は一層激しい。

話題になっている動画を卒業生が教えてくれた。八九歳の「はる」という女性が、子供のころ日系人収容所に入れられた体験を話す。話し終わると彼女はかつらを取り顔をはがす。その下から出てきたのはアラブ系の若い女性である。彼女は「その歴史を繰り返してはならない」と言う。移民差別の歴史に苦しんでいるのも、アメリカ人自身である。

（'18・10・24）

攘夷

日本政府は少子高齢化による労働力不足から、外国人労働者の受け入れ拡大を決めた。企業の三分の二が労働者不足で、倒産も始まっている。二〇三〇年まで拡大し続ける観光関連業では、約七万人の人手不足が予測されているという。介護分野は長期間人手不足になるだろう。政府は、これは労働者の受け入れ拡大であって移民政策ではないと明言した。しかしこの決定を「移民政策」だとして反対運動が起こっている。

私はまたもや江戸時代末期のことを思い出した。江戸時代の日本は国内産業の振興で経済力をつけた比較的豊かな国で、幕府が貿易と入国の管理をおこなっていた。輸入品も移民も不要だった。しかし幕末に欧米の軍事技術力を見せつけられ、その上不平等条約を結ぶことになり状況は一変する。軍事力と技術と近代国家システムを持つ国々と対等になることが国の使命になったのである。そこに、「攘夷(じょうい)」が起こる。「夷」とは野蛮の意味で

「攘」とは退ける意味だ。その基本には漢字文化圏を文明の頂点に置く「華夷秩序」がある。漢字を使わない欧米を野蛮とする感情だ。これは対等になろうとする政府の政策とは無関係な感情問題であった。今起こっている排外主義も、政府の政策とは無関係な感情問題としての攘夷である。

自分の国が平和で民主的で生活にも困らないのであれば、他国で働きたいとは思わない。格差が無ければ大量の移民は無い。一方、人手不足が無ければわざわざ外国人に働きに来てもらう必要は無い。幕末の攘夷論者は結局策を持たなかった。今の攘夷論者は、世界の格差と日本の人手不足をすぐに解決する策を持っているのだろうか？ 持っているのであれば世界は変わる。しかし持っていないのであれば、日本社会の治安を守る上で最も大切なのは、日本で働く外国人の人権を守りきることである。そちらの策を早急に練らなくてはならない。

（18・10・31）

南西諸島

南西諸島とは奄美、八重山諸島などのことを言う。これらの島は自衛隊による防衛の拠点となりつつある。NHKによると、石垣島に一〇隻の巡視船が配備され、石垣海保は全国最大規模の七〇〇人となった。しかしそれでは足りないと、五〇〇〜六〇〇人規模の地対艦ミサイル部隊が計画され、宮古島には七〇〇〜八〇〇人規模の地対艦ミサイル部隊などの配備が予定されている。与那国島には約一六〇人の沿岸監視部隊が発足した。

この緊張感は中国の海洋進出を発端としているのだが、私は別のことを思い出した。それは江戸時代の琉球と島々のことである。一五〇〇年に起きた石垣島のオヤケアカハチの乱に象徴されるように、琉球王朝は南西諸島をほぼ支配していた。しかし一六〇九年に薩摩藩が約三〇〇〇人の兵で琉球を侵略した。その翌年から薩摩藩は琉球の人事、税金、貿易管理、外交への発言権をもち、その後奄美大島、徳之島、沖永良部島、与論島、喜界島などを琉球に割譲させた。三二年には日本人による八重山在番、つまり支配が始まった。そして三四年、江戸幕府は琉球に使節を送ることを求め、琉球の石高は薩摩藩の石高に組み入れられた。

江戸幕府、薩摩、琉球、そして島々との関係を見ると、米国と日本と沖縄と南西諸島の関係に見えてくる。江戸幕府は薩摩に琉球支配を許した。薩摩が石高を増やすことで、徳川家との絆を強め、幕藩体制を安定強化することができたのである。さらに、琉球が諸島を支配する構造は、薩摩が諸島を支配する構造に変わっていった。現在、石垣島は沖縄県のひとつの市だが、急速な自衛隊配備計画からは、まるで日本政府の直轄地のように見える。沖縄県は島々への自治権をどう行使しているのだろうか？　さらに、その日本の行動は米国の意志のもとにあるようだ。本島には米軍基地、諸島には自衛隊。自立と自治は、どうすれば力を持つのか？

（'18・11・7）

ユニバーサルマナー

「人材の多様性に大学はどう対応すべきか──ユニバーサルマナーという考え方」というシンポジウムを先月おこなった。法政大学は「ダイバーシティ宣言」をしている。このシンポジウムは、職員の研修として開催したものだ。

ゲスト講師としてお呼びした薄葉幸恵氏のユニバーサルマナーについての講演がとても魅力的だった。ユニバーサルマナーとは、障害をもつ人、高齢者、三歳未満の子供などとコミュニケーションをとる際に、必要となる意識や行動のことである。高齢者は人口の二八％を占める。総計すると、社会の約四割がユニバーサルマナーを必要としている。薄葉さんご自身は聴覚障害者であるが、講演はわかりやすく力強かった。

薄葉さんから、印象的な言葉をいくつも伺った。そのひとつが、「ハードが変えられなくても、私たちのハートは変えられる」である。江戸時代、障害者のための施設や道具はずっと少なかった。しかし例えば当道座という組織があり、目の不自由な人たちの職業訓練がおこなわれ、仕事を獲得するための組織にもなっていた。

もうひとつ印象深いのが「障害は人ではなく（健常者に合わせた）環境にある」という言葉だ。この考え方から言えば、生産性向上を唯一の目標にしている社会ではむしろ障害者が増えることになる。江戸時代に健常者・障害者という概念はない。落語には粗忽（そこつ）者、与太郎などが登場するが、彼らは一人前の職人として生き、あるいは周囲が仕事を与えるなどして社会に受け入れている。大切なのは差別と配慮の組み合わせではなく、誰もが受け入れられ、さほど不自由しない社会だ。そこでユニバーサルマナーなのである。

ユニバーサルマナーの第一歩は無関心でもおせっかいでもなく、相手の意思を尊重して手を貸すことだ。その時の言葉が「お手伝いできることはありますか？」の一言だという。

（'18・11・14）

「ホモ・デウス」

「ホモ・デウス」（ユヴァル・ノア・ハラリ著、河出書房新社）を読んでいて、二つのことに気がついた。一つは、近代的な自己同一性がある種の物語であり、実は「人間は分割不能な個人ではない。さまざまなものが集まった、分割可能な存在」であり、「人間は多くの異なるアルゴリズムの集合で、単一の内なる声や単一の自己」などというものはない、という見方がある、ということだ。

これは私が学生時代に、江戸時代の人々の頭の中をのぞいて驚愕(きょうがく)した事実であった。そのとき分かったのは、ひとりの人間の中には複数の人間がいて、だから江戸時代の人々はその多様な個性にそれぞれ別の名前をつけ、その結果、多名になったということだった。それだからこそ江戸文明は成り立った。人間はそういうものであり得ることに衝撃を受け、私は江戸文化を学ぶことにしたのだ。これは、単一の自己、統一された「私」についての単線的な物語は人類の一時代の考え方であって、人類史的に見ればとても短いあいだの思想だったということではないか。

もう一つ「ホモ・デウス」には「最近は、みんなの不断の協力によって生み出される、芸術的創造物や科学的創作物が増え続けている」という指摘がある。これは江戸時代では当たり前のことだった。浮世絵一枚を市場に出すにもプロデューサー、版元、下絵師、彫り師、摺り師、どうさ引き、本屋が活躍した。技術開発にはさまざまな「連」が関わっていた。俳句は俳諧という名称で複数の人々による連句を意味した。「個人は、誰にもよくわからない巨大なシステムの中で、小さなチップになってきている」という「ホモ・デウス」の表現は「巨大な」を除けば江戸人の感覚そのものである。すべては関係の中で生まれるのだ。

中世から江戸時代になる時に起きた情報化と流動化への変化を、より大きな単位で、私たちは迎えようとしている。

（18・11・21）

「空をゆく巨人」

川内有緒著「空をゆく巨人」（集英社）を読んでいて、江戸時代の日本における芸術の創造現場を見るような思いがした。

この本のテーマは現代アートである。私は一九七〇年代にニューヨークに暮らす機会があり、ソーホーで多様な現代アートと出合った。しかしそれらがどのように出現するものなのか想像したことはなかった。考えてみればその拠点は新しく出現した空間である「ソーホー」、すなわち都市の中の都市だった。もっとよく目をこらせば、空間とともに人と人の新たな関わりが見えたに違いない。

本書は世界的現代芸術家・蔡國強（さいこっきょう）氏の出現と活動の経緯を取材している。彼と出会い、「いわき」という地域の中で彼を支えた志賀忠重氏という人物がいた。芸術家とパトロンという単線的な関係ではない。江戸時代の文化が江戸という町と、そのなかの芝居町や吉原や日本橋、あるいは京都の商人や寺のネットワークのなかで育ったように、そして商人や職人や文人や武士による「連」のなかに出現したように、現代芸術は日本の地域コミュニティーにおいて育まれたのだった。蔡氏のオオカミの空間作品を見たとき私は曾我蕭白の「石橋図」を思い起こした。そういえば伊藤若冲や蕭白も、幾人かの浮世絵師たちも、当時は前衛芸術家だったのである。

とりわけ、全体を方向付け、コーディネートする人物が重要だった。いわきの志賀氏は九万九〇〇〇本の桜を植えるプロジェクトを立案し、その自然の中に福島・いわき回廊美術館がある。植樹は今後何十年もかかる。壮大な発想力だ。もちろん志賀氏とともに活動するいわきの人々がいる。そのような、地域と人と冒険と現代芸術が生まれ合う状況を「空をゆく巨人」は描いている。彼ら皆が空をゆく巨人に見える。創造とは、太古からそういう共同的なものだったのではないだろうか。

（'18・11・28）

パレード

法政大学は今秋の六大学野球で優勝し、神楽坂で祝勝パレードをおこなった。私もオープンカーに乗り、パレードというものがなぜあるのか、考えさせられた。

というのも、江戸時代は日本の歴史の中でもパレード全盛時代だったからである。江戸時代が始まって約三〇年後に参勤交代制度が開始された。諸藩の人々は長旅を終え江戸に入るにあたって、隊列を整え、露払いをおこない、大名籠（かご）を中心に長い長いパレードすなわち「大名行列」を展開したのである。約二七〇もの藩があった。すべて江戸入りをするわけではなく人数もまちまちであるが、最も石高の多い百万石の加賀藩では約四〇〇〇人が移動した。複数の隊列が江戸に入る時は衝突も起こった。

そこまでしてなぜパレードをおこなうかというと、藩の威勢を見せるためなのである。

朝鮮通信使、琉球使節のパレードとなると、むしろ幕府側が「外国を従えている」という幻想を見せたいので絵師に描かせ、絵師たちも商品化して売った。これらは祭りの中に取り入れられ、今でも大名行列や朝鮮通信使行列の形が祭りに残っている。つまりパレードとは、国や自治体の広報活動だったのである。

祭りでも神輿(みこし)や山車によるパレードをおこなう。これは神々の力を呼び起こすものであると同時に、それぞれの氏子共同体の広報でもあった。神社だけではない。葬式にも野辺送りというパレードがあった。これは墓場まで屍(しかばね)を運ぶという必要性から起こったものだが、同時に沿道の人々が死者を弔うことができた。日本だけではない。ジャズの名曲「聖者の行進」は野辺送りの葬送行進曲である。

パレードはゆっくり動く。それを「お練り」という。遊郭にはおいらん道中、芝居町には顔見世のお練りがあり、ともかく江戸はパレードだらけだった。そういうわけなので神楽坂の皆さん、お騒がせしたこと、江戸の再現だと思ってご容赦ください。

（'18・12・5）

金沢問答

金沢市の青年会議所のメンバーが、新幹線開通後の急激な観光客の増加に危機感を持ち、金沢の特色をどう守りながら新しくするか真剣に考え始めている。観光客が増えれば良いという価値観でないことが頼もしい。以前から相談を受けていた松岡正剛氏が「有職故実」の現代版「金沢ユーソクコジツ」を発案した。そこで江戸時代の出番である。私も応援に入って松岡氏と「金沢問答」を展開した。

加賀藩は際立って特別な藩であった。藩主の前田氏は外様大名でありながら徳川家から準親藩として待遇された。松平姓と葵（あおい）紋が下賜され、石高は諸藩の中で最大の一〇二万五〇〇〇石。江戸城での待機場所も他藩とは異なり、徳川御三家と同じ場所だった。一国一城令の時代に二城が許された。

藩主もその待遇に応えた。五代綱紀は諸藩最多の図書収集をおこない「尊経閣文庫」を作った。後の生産のために優れた工芸品も集めて「百工比照」とした。武家の基本である茶の湯と能についても、京都から一流の人とものを集めた。それらは今の金沢の質の高い文化につながっている。

金沢の文豪たちも藩の末裔(まつえい)である。泉鏡花の父は細工方白銀職の系譜に属する彫金の職人であった。母は能楽師葛野(かどの)流大鼓方の娘。室生犀星は足軽頭とその家の使用人との間に生まれた。徳田秋声は家老横山氏の家臣の家の出身だ。加賀藩あっての金沢である。

しかしそれが弱みとなる。近代の金沢はその上にあぐらをかいたかもしれない。加賀藩とは能登と富山県を含めた領域であって金沢市のみのことではない。能登は千石船の寄港地だった所で資源と職能が豊かである。富山は近代北陸を代表する工業地域となった。しかし加賀百万石ブランドは金沢市が独占している。日本のどこでも、過去の遺産に頼るのではなく、江戸が平安時代を徹底的に使いこなしたように、江戸時代を使いこなすべきだろう。

（'18・12・12）

勤勉とは

諸方面で「働き方改革」が進んでいる。過労死が後を絶たない。労働時間の短縮は必ずなされるべきだ。

日本人の勤勉の源を江戸時代に求める考え方がある。確かに勤勉と倹約は価値あるものだった。「ものづくり日本」が確立したのは江戸時代であり、経済成長率も世界第二位だったといわれる。しかし江戸時代中期の日本は人口が横ばいだった。人口が増加していないのに経済成長率は高くなったことになる。そこで勤勉、ということになるのだが、そもそも江戸時代の勤勉とは何だったのか。

井原西鶴の「日本永代蔵」は、人々がどう働いていたかよくわかる作品で、その中に成功した農民の話がある。農作物を育てるときに丁寧に肥料や水をやり、草を取る。それについて「朝暮油断なく」鋤（すき）や鍬（くわ）の刃が減ってしまうほど「はたら」いたとある。また「よろずに工夫」をして「世の重宝を仕出し」ともある。

ここから見える勤勉の要素は第一に、油断なく集中力をもって無駄をなくし必要なことのみをおこなうことである。第二に、人の役に立つ発明工夫がなされることである。つまり効率性が上がり生産性が飛躍する農具を発明したのだ。両方に必要な能力は集中力、発想力、実践力、革新性であって、そこに長時間労働は入っていない。

そもそも電気のない江戸時代は、長時間労働ができなかった。やろうとすれば灯火代がかさみ、コストがかかる。また誰かが長時間働いたからといって社会全体の効率を上げることにはならない。むしろ新しい発明こそが、人口が増えなくとも生産性を上げる方法だったのである。

人口と経済成長に絶対的関連はないとなると、少子高齢化に必要な働き方は集中力と革新的な発明力である。しっかり眠って発明しよう。

（'18・12・19）

内なる多様性

二〇一七年の本コラムで、「アバターの社会」（『江戸から見ると 1』二五八頁）と題し、米国ニュースクール大学の池上英子教授によるアバター研究について書いた。アバターとは神々が別の形をとって現れるその姿のことで、「権現」と訳される。池上さんは曼荼羅を使って説明している。今日では、インターネット上で使うキャラクターのことを意味する。池上さんは、米国の自閉症の方々が一方で仕事を持ちながらアバターとして集い、才能を発揮している姿に注目してきた。これは江戸文化研究の延長線上に展開されたものだ。

今年は朝日教育会議で池上さんにご登壇いただいた。題して「江戸から未来へ―アバターｆｏｒダイバーシティ」。私の講演は「江戸文化とアバター」、池上さんの講演は「アバターで見る知の多様性―ダイバース・インテリジェンスの時代」である。この二人の講演を受けて立ったのが、落語家の柳家花緑師匠だ。師匠は自らの学習障害と向き合いながら落語家としての自分を磨いてきたのだ。最後は三人によるにぎやかな座談となった。江戸時代の創造の仕組みである「連」は、一人が多くの名前をもつ社会の中で成り立っていた。その基礎は全国的な組、結、衆や俳諧の座である。連はとりわけ江戸で発達し、その担い手には多くの武士が含まれていた。彼らは社会の役割とは別の複数の自分を連ごとに使い分けていた。あたかも、ネット上でアバターが集う場のようだ。それは今日の私たちに、多様性への強靭な想像力を促している。たとえば職場で隣にいる人は、別の能力によって他の人生を生きているかもしれない。彼は常人にはうかがいしれない感性を持っている可能性がある。

自他の内面の多様性への注目は、人間の可能性を広げる。個人主義から分身主義へ、自分自身を多様化する道があるのだ。

（18・12・26）

II　2019年

改元の年

あけましておめでとうございます。

いよいよ改元の年になった。以前、「元号のゆくえ」という題名で改元について書いたのは二年も前のことである。考えてみれば天皇陛下が退位の意向がにじむメッセージを公表されたのは二〇一六年八月なので、実際に退位に至るまで約三年かかったことになる。

江戸時代まで、改元は必ずしも天皇の代替わりで行われるものではなく、天変地異や不吉な年回りを避ける目的でなされた。それゆえ頻繁に改元があった。つまりは、言葉を用いた呪術（予祝）の一種だったのである。近代において改元が天皇とぴったり一体化したということは、天皇制の呪術的な意味が浮上したということでもある。

しかし、その近代的な天皇制が終わろうとしているのではないだろうか。政治制度としては戦後に大きく変わったのだが、今年は意味も変わりそうだ。改元が三年も留保されるとなると、改元の持つ呪術的な意味はもはや無い。年号は今まで以上に形式的でお役所的なものとなり、コストがかかるわりに面倒で意味が見いだせないものとなるだろう。

年号とは何か、は歴史をたどれば分かる。しかし何のためにどう使うのかは、その時代の人にしか決められない。戦後日本における年号の使い方は、マスコミを中心に、その年号の時代を十把一からげにして物語ることだった。「昭和」は戦争を抜きにして経済成長で語られ、東京タワーがその象徴に使われる。「平成」は恐らく、原発や米軍基地の話題を抜きに災害で語られるのだろう。それでいいのだろうか？　今後、私たちは年号を何のためにどう扱えばいいのか。

新しい年号は、外国人が急増する今年以降の日本で、何を守ってくれるのだろうか？年号で、日本の固有性は守れない。

（'19・1・9）

もったいあり

義足で陸上競技のパラリンピック参加を目指している法政大学の学生、山下千絵さんから話を伺う機会があった。

山下さんの話を聞きながら、これは「もったいない」の正反対、まさに「もったいない」を生かしきっている世界だ、と心を打たれた。「もったい」とは、物や人の品格ともいわれるが、別の言葉で言うと、ものや人がもっている本質である。山下さんは言った。「私は欠けたものを補っているのではなく、もっているものを生かしているのです」と。山下さんに会って私はようやく、障がい者スポーツの真の価値に気づいた。

人は往々にして、その時代の社会の価値観に合わせ、評価を求め、めざす自己像に比べて現実の自分の欠損に悩み、足りない力を補おうとする。しかしそれはかえって、もったいを無くすことになりかねない。なぜなら、自分の体や能力がもっている特性に気づかず、生かし切る機会を逸するからだ。障がい者スポーツの視点が、「自分の特性を伸ばし、最大限生かそう」というメッセージであるなら、今こそ、その考え方が万人に必要なのである。多様性がこれからの世界の力になり、多様な能力の柔軟な組み合わせこそが新しい社会を作るからだ。

江戸時代は障がい者福祉という考え方がない時代だった。にもかかわらず、多くの盲目の鍼灸（しんきゅう）医や音楽家が活躍し、塙保己一（はなわほきいち）のような盲目の学者もいた。それは盲人たち自らが編成した「当道座（とうどう）」という組織があったからだった。当道とは「我が道」という意味で、まさに彼らの特性を生かした道をさしている。内部の地位格差が大きかったと言われるが、教育機関でもあり師弟関係をもっていたことも考慮しなければならない。

現代の障がい者スポーツも福祉の対象ではなく、皆が我が道を作りながら特性を生かす、学ぶべきモデルなのではないだろうか。

（’19・1・16）

女性蔑視の記事に怒り

年が明けた九日、法政大学のホームページに「女性の名誉と尊厳を傷つける記事の週刊誌掲載に関して」というメッセージを出した。昨年一二月二五日発行の週刊誌に「本学女子学生を含む女性の名誉と尊厳を貶（おとし）める記事が掲載」され、その内容が「大学学生の安全を著しく脅かすもの」であり、よって本学では「週刊誌編集部に、再発防止を求める厳重な申し入れをおこな」った、という内容である。そして本学が「ダイバーシティ宣言」を出していること、今後も学生の安全を守り、「女性を含めたあらゆる人の権利と尊厳が重んじられる社会の構築に貢献」する、と述べた。

大学と結びつけて女性を蔑視した同記事については、女子大を含む複数の大学が同様の意見表明をおこない、大学外でも署名運動が広がっている。女性の就業率は七〇％にまでなっている。非正規が依然として多いとはいえ、女性が全領域で働くようになっているこの社会では、女性の能力が必須なのだ。意識が高まった女性を蔑視する言動は、今後ますます大きな反感を買うことになるだろう。人を尊重するとは、さまざまな側面をもったその人の全体を受け入れ、その個性と意見に耳を傾けることだ。女性の性にのみ関心を向けることはそれだけで、人として貶めることなのである。

役割社会であった江戸時代では、社会の主要単位でいわば企業ともいえる「家」を、男性とともに経営するのが女性の役割だった。その一方で家制度の外に、芸能や性を担う役割の女性もいて、はっきり分類されていた。女性一般を性の対象として考える時代は、歴史上でもまれであろう。

性別、学校、国籍など、分類を通してしか人と関われない男性は往々にして気が小さく、思考力が極度に不足している。学生たちには、そんなおじさんたちと付き合って時間を無駄にしないでほしい。

（'19・1・23）

都鄙合作

今年は二月五日が新月の日で、旧暦の元日である。「新月」とは良い言葉だ。まったく月が見えなくなり、やがて少しずつその新しい姿を現す最初の日なのである。

そこで前日の四日は旧暦一二月三〇日つまり三十日(みそか)である。一年の最後のみそかのみ、「大みそか」という。月がこもるので、年末は「大つごもり」になる。

二月四日は立春でもある。まさに新春と呼ぶにふさわしい本来の正月を、空を見て少しでも感じ取りたい。この日までは寒さが厳しく、諸地域で雪も降る。この日以降に降る雪は「春の雪」である。

雪といえば、法政大学国際日本学研究所の研究会で、「雪国を江戸で—都鄙(とひ)合作出版物としての『北越雪譜(ほくえつせっぷ)』」というたいへん興味深い講演を聴いた。講演者は、オーストラリアにあるマードック大学の教授、森山武氏である。法政大学の卒業生だ。森山氏は著者で越後塩沢の人である鈴木牧之（ぼくし）が残した曲亭馬琴（きょくていばきん）と山東京山（さんとうきょうざん）の書簡から、塩沢で記録された情報がどのように江戸で「北越雪譜」という書籍になって刊行されたか、時系列に沿って詳細に示した。「北越雪譜」は、雪国の人々が雪とともにいかに日々を生き、いかにさまざまな優れた生産を実現していたか、実によくわかる本である。しかしそれはたったひとりの作者の手によるものではなく、塩沢の人々と江戸のプロの作家や絵師たちとの協働によるものだった。

江戸文化は多様な才能が組み合わされて生み出された。その連の仕組みこそ注目すべきものなのである。この講演ではさらに、江戸と地方が出会って作られた過程も「都鄙合作」という言葉で明らかにされた。これは、これからますます重要になる考え方である。「北越雪譜」は地方の情報が江戸で編集され、多くの読者を獲得し、近現代に至るまでに、さらにその名声が高まった事例である。東京とはつまり、地方が活用すべき場所なのだ。

（'19・1・30）

過剰包装から美包装へ

高齢者である私は、超高齢者の母をサポートしながら毎日生活している。家事や介護をして気づくのはごみの多さだ。高齢者家庭は買うものがさほど多くはない。しかしごみが多い。その原因の一つが包装紙や硬い箱類や段ボールである。それをまとめるのに苦労する。通販が増えているせいもあるだろう。いただきものは、ことさら包装が丁寧である。いつからこうなったのだろうか。

江戸時代は贈答品も和紙で適当に包んで水引をかけ、または風呂敷で包み、もしくは木箱に入れてひもをかけ、あるいは何にも包まず扇に載せる。包装に使った紙や布もまた使えた。買ったものを懐に入れて持ち歩くことを考えると、菓子などを硬い紙箱に入れることはめったになかっただろう。

私が子供のころは、買い物かごか鍋や器を持って行った。店で野菜を包むのは新聞紙で、肉やみそを包むのは経木（きょうぎ）だった。豆腐は入れ物を持って行って買い、瓶はカラになれば引き取ってもらえた。デパートの袋は宝物のように思えたものだった。

ベトナムのある村に入ったとき、子供たちが川から流れてくるビニール袋を集めていた。お金に換えることができるのだという。日本ではそういう時代がとっくに過ぎ、ストローまで生き物にとっての凶器となった。私はいまストローを使う気になれないが、ペットボトルで水は飲むし、レジ袋に余り物やごみを入れる。江戸時代と今とで何がもっとも大きな違いかと考えたとき、自然環境に出ていく、自然に返らないごみの量であろう。

過剰包装が極端な日本から、この生活習慣を変えることができるかもしれない。むしろコストがかかる和紙の高級品や布を包装に使うことで、過剰包装が不可能になり、日本のものの良さを再認識できる。文化国家への道は、案外そういう小さな「量から質への転換」から始まる。

（'19・2・6）

地方創生?

東京都町田市相原町にある法政大学多摩キャンパスでは、毎年シンポジウムが開催される。まず学生たちの地域での活動報告があり、そして今年は私も、多摩の歴史を話した。多摩地域は、先端技術をもった朝鮮半島の百済人、高句麗人が、大量に西日本から移住した土地であると言われている。布や瓦や須恵器の技術が広がり、後々まで継承された。相原町の丘陵地帯には「南多摩古窯跡群」が連なっている。この技術の中心であった御殿山峠に横山党の豪族、粟飯原(あいはら)氏が城を構え牧場を営んだようだ。

江戸時代は農民たちが紬(つむぎ)、麻、繰綿(くりわた)、養蚕の技術を発展させ、八王子の市で取引がおこなわれ、江戸にも流通する。幕末には生糸が大量に運ばれるようにもなった。相原でも八王子周辺でも、女性は職人として多くの現金収入があったことが記録されている。

その豊かさを背景に、相原には寺子屋と塾が六カ所もあった。さらに蘭医が四人もいた。

蘭医たちは種痘を広め、天然痘が撲滅されていく。江戸時代の農村には、秣場と呼ばれる入会地（共有地）があり、そこで飼料や肥料や燃料を採取したが、明治になって全国各地で国有地や私有地に分割される。相原町はそれを手放さず現在も入会地の収入で幼稚園を経営している。自由民権運動の拠点のひとつであり、一八八一年ごろ、演説会には二〇〇人以上の人々が集まって議論をしたという。

「地方創生」とは不思議な言葉だ。何もないところに何かを創って生み出そう、という意味である。地方はもともと生産の拠点つまり「生み出す」力をもっていた。自立心も誇りも強かった。都市こそが何もない場所だったのだ。地方各地に豊かさの歴史がある。地方に必要なのは足元の歴史を確認することと、それが失われた経緯をとらえることだろう。その上で創生ではなく再生が必要なのだ。

（'19・2・13）

ジェンダーギャップ

世界経済フォーラムが発表した二〇一八年のジェンダーギャップ（男女格差）指数で、日本は一四九カ国中一一〇位だった。多くの女性が働くようになった。一五歳から六四歳の女性の約七〇%が働いている。それなのになぜ男女格差があるのか？　男性の正規社員は約七八%だが、女性の正規社員は約四四%なのである。そこで収入ギャップが生まれる。とりわけ順位が低いのが、管理職と国会議員の女性比率だ。つまり働く女性は多いが、責任をとる地位にある女性が世界の中で極めて少なく、先進国では最下位だという意味だ。

江戸時代の女性たちがどれほど有能活発であったかは外国人たちの証言で知られている。とくに人口の八割以上を占める農民や商人のうち、女性たちは自分自身の現金収入もあり、まさにお財布を握っていた。商家の女性たちは、夫とともに責任ある立場で全体を統括していた。夫が亡くなって経営者になる女性も少なくなかった。近くで経営者とは何かを見ていたから、できたのである。江戸時代の女性の能力は、経営力も自己制御力も他者への配慮の能力も、家制度の中で育まれていたのである。「なにしろ財布を握っているのだから日本の女性は強いのだ」という言説はよく聞かれる。しかしそれは家の中の話なのである。

今考えるべきなのは、家の外に出た女性たちがいかにして能力を発揮するかである。「本当は強い」とは裏では強い、家では強い、という意味であることに注意しなければならない。家の外で、ひとりの人間として組織や社会の責任を担っていく覚悟が必要なのだ。必ず、世界が違って見え、別の能力が引き出される。責任を担うとは孤立を意味しない。リーダーになるとは、これからの社会や所属組織についての理想的ビジョンをもち、その方向に多様な能力の人々をつなげていくことだからだ。そういう女性が増えれば、日本は必ず変わる。

（19・2・20）

外交

江戸時代はロシアを強く意識した時代だった。一七〇五年にペテルブルクには日本語学校が開設され、ロシア人はカムチャツカ半島や千島列島で交易をし、たびたび日本にも来るようになった。日本も一七八〇年代にロシアの南下をにらんで蝦夷(えぞ)地調査を始めている。ロシアはまさに隣国なのである。

「北方領土の日」の全国大会のアピール文から「不法占拠」という文言が消えた。日露交渉が、二島返還と共同経済活動に向かっているからだと思う。安倍政権は「外交に強い」と言われているが、困難な交渉は強くないようだ。私は返還に興味があるわけではなく、日本の外交姿勢に興味がある。

北方領土問題の難しさは、日米関係に原因があるだろう。ロシアにとって四島返還は気が重い。日本には日米安保体制があり、不平等条約としか思えない日米地位協定まである。

四島返還をすれば、米国が近づいてくるように思えるだろう。「安保適用の例外」をロシアが求めるのは当然だ。

日本外交はこの一五〇年間、ずっと「自国ファースト」だった。明治維新を迎えた日本は、外交の基本となる国家の理想をかかげることなく列強入りをめざし、その時その時の問題に対処してきた。戦後の外交も同じだった。国防や世界の課題を米国にまかせ、経済発展に集中してきた。この一五〇年間、国家の新しい理想を作り上げる機会はいくつかあったが結局、核廃絶という課題や捕鯨を含む世界の環境問題や、困難な国家領域の課題に取り組むより、自国の経済を優先してきた。

今も国家領域内の主権について真摯な詰めをしないでいる。外国の軍隊に対して国内法が適用できないなどという状況は、戦後しばらくすれば当然改革すべきことだが、それもやらないでいる。北方領土問題が解決できないのは、そのような日本のありかたに起因しているだろう。

（'19・2・27）

もだえ神

日本国憲法は、天皇が政治に関与しないことを定めている。それは日本人が敗戦を真摯（しんし）に受け止め、再出発するための絶対条件であった。江戸時代においても天皇は政治に関与しない象徴的な存在だったが、幕府が体制の権威づけに利用するために存続させていたという点で、戦後とは異なっている。戦後の象徴天皇制は天皇、皇后両陛下が独自にその内実を創造してきたことで、歴史的にも世界的にも前例の無いものとなった。

しかし韓国の文喜相（ムンピサン）国会議長の天皇謝罪発言で、日本の敗戦によって解放されたはずの韓国においてさえ、日本の天皇制がよく理解されていないことがわかった。一方、別のことも見えた。それは韓国においては、江戸時代までの日本がもっていた「義」にかかわる感情が濃厚に残っているらしい、ということである。

作家の石牟礼道子はそれを「徳義」「魂」「もだえ神」と表現している。水俣事件においては被害者に原因企業チッソから補償金が支払われたが、「金の問題ではない」と感じる人々がいた。そこには、悲しみを軸にした人間と人間との関係がないからである。彼らは「偉い人」とは、自分たちの悲しみを理解できる人、つまり徳義が分かり、被害者たちの苦しみになんとか寄り添おうとしても、力になれない自分を情けなく思いもだえる人だと、考えていたのである。だからチッソの社長に会おうとした。社長、つまりトップこそが弱者の気持ちが分かる偉い人、と思ったからだが、現実は違っていた。

本当に偉い人とは人々の心を救う人なのだという考えは、前近代の東アジアにはごく普通に存在していた。その偉い人が苦しみに寄り添い、「すまなかった」とひとこと言えばすべてが氷解し解決する、というのは甘すぎる夢ではあるが、当然の夢だったのである。私は今回のことで、東アジア人がかつては共有していたその気持ちを思い出していた。

（19・3・6）

三・一独立宣言

小説家の飯嶋和一さんにお目にかかった。昨年刊行された「星夜航行」は長篠の合戦から、その背景にある大航海時代、東南アジア貿易、秀吉の朝鮮侵略とその失敗、江戸時代の朝鮮使節までを書いた力作で、私が「江戸時代の存在理由」としてよく講演で話をする、そのころを描いた作品なのである。戦争の無意味と悲惨、支配される側の視点を欠いた学問のむなしさなど、徹底的に弱い者の側に立つ作品を書き続ける作家だ。

私はこの朝鮮侵略と一九一〇年の日韓併合は、江戸時代の朝鮮通信使を挟んでいるだけに、全く異なる出来事だと考えていた。しかし、もしかしたら連続していたのではないか、と思い始めている。それは三・一独立運動を特集した東京新聞で、法政大学の慎蒼宇准教授が、日本は一八七六年の日朝修好条規から朝鮮の保護国化を狙っていたと語っていたからだ。明治維新間もない時期だ。他国を支配し人をじゅうりんして自分の利益にしようとする欲望が三〇〇年もの間潜伏していたとすれば、それはなぜなのか？ 考えるべきであろう。

三・一独立運動は「週刊金曜日」もとても良い特集を組んだ。一九一九年二月八日に東京・神田で留学生が発表し、三月一日にソウルで読み上げられた「独立宣言書」を掲載していたのだ。現在の国同士の政治的な対立とは全く次元の異なるものだ。朝鮮国が独立国」であり「朝鮮人が自由な民であることを宣言する」と始まる独立宣言は、「自分たちで自分たちのことを決めていくという当たり前の権利」「国家としての正しいあり方」を、世界に発信している。今は己の成長こそ重要なので、日本人を責めたり恨んだりする暇はない、と言い放っている。人類がめざすべき独立と自由と平等を語った普遍的価値のある宣言であった。日韓関係にいま必要なのは、まさに、このような理想の共有なのである。

（'19・3・13）

自治

法政大学江戸東京研究センターの講演で千葉県香取市佐原(さわら)に出かけた。佐原の街並みは江戸時代の風情を残す日本遺産の一つである。東廻(まわ)り航路と西廻り航路によって日本全国が結ばれ、大きな流動化の時代がやってきたとき、東廻り航路を支えたのが利根川水系だった。佐原はその利根川から延びる川の流域にあり、物流拠点の一つだったのである。その村の自治を名主として支えたのが、日本全国の測量事業を成し遂げた伊能忠敬だった。

測量は約一七年間かけて行われた極めて正確な事業だが、佐原に行ってみて、その背景には忠敬の名主としての姿勢や生き方が関係していたのではないかと思うようになった。その一つは、流通の拠点となったために大量の商人が入り込んでくる村の秩序を、決して閉じることなく外に開きながら守ったことである。もう一つは、河岸問屋仲間から運上金を取ろうとする幕府の圧力に屈することなく、自由な取引を続けた自治の手際である。そしてもう一つは、幕府との駆け引きにおいて伊能家に残された記録類を使いこなし、データの重要性をとことん知ったことであろう。測量事業は目標を明確にし、多くのスタッフをまとめながら、詳細かつ正確な数字を記録し続けることで可能だったのだ。

ここにはこれからの自治の重要な鍵がある。まず排他的でないことだ。多様性は自治体の経済にとって大事な要素となる。そして大きな権力の意図を見抜き、自らの実情を正確に把握した上で、言葉を尽くしてそれを伝え、現実にそぐわない権力の押し付けから身をかわすことである。

自治には日本の自治、沖縄県の自治、市町村の自治、大学の自治などさまざまある。自らを治めることのできている組織なら、他者の自治を尊重できる。自治はこれからの日本と都道府県にとって、生命線となるだろう。

（'19・3・20）

ＳＤＧｓ

「ＳＤＧｓ（エス・ディー・ジーズ）」シンポジウムをおこなった。ＳＤＧｓとは国連で採択された二〇三〇年までの国際目標で、持続可能な世界を実現するための一七のゴールで構成されている。法政大学は「スーパーグローバル大学創成支援（ＳＧＵ）」事業の目標が「課題解決先進国日本からサステイナブル社会を構想する」ことで、大学憲章では持続可能性と課題解決をうたっており、「ダイバーシティ宣言」もおこなった。これらはＳＤＧｓの目標と重なる。そこで総長ステートメントを出し、シンポを開催したのである。

ところで、ＳＤＧｓには官民が取り組んでいて、「そんなに簡単に達成できるのか」「企業の道具になっているのではないか」という疑問が起こっている。実際海外進出の旗印と考えている企業もあるようだ。江戸時代初期、企業は運河の開削や橋の設営など、社会のインフラ整備に力を尽くした。それは結局流通を支えたわけで、市場形成に役立ったのである。

SDGsの一部は同じような意味で確かに企業活動の拡大に役立つだろう。貧困を無くす、安全な水とトイレの普及、働きがいと経済成長の同時達成、産業と技術革新の基盤をつくる、住み続けられるまちづくりなどは企業活動を活気づける。しかし同時に、気候変動の具体的対策、海の豊かさ陸の豊かさを守る、作る責任と使う責任を担う、ジェンダー平等、平和と公正をすべての人にもたらす（つまり戦争の無い世界）を達成しなければならない。

課題は山積している。日本は海の豊かさを守ると言いながら軍事基地用の埋め立てにまい進し、プラスチックの対策は進まない。ジェンダー平等にはほど遠い。政府や企業の取り組みについては、都合の良い項目だけをつまみ食いしない、させない。そして、あくまでも全体の目標実現をめざすことが重要だ。達成まであと一一年しかない。

（'19・3・27）

Ｓｏｃｉｅｔｙ５．０

いろいろなところでＳｏｃｉｅｔｙ５．０（ソサエティー）について聞く。とくに大学では産業界との関係で話題になることが多い。Ｓｏｃｉｅｔｙ５．０とは、狩猟社会、農耕社会、工業社会、情報社会の次に来る第五の超スマート社会のことである。スマート社会とは、インターネットによってあらゆるものがコントロールできる社会のことだ。

江戸時代は手工業が盛んだったが、基本が農耕社会だった。手工業とは家単位でそれぞれがものづくりをする工業である。工業社会はそれとは異なり、工場に労働者が集められて時間とラインで動く社会だ。日本では農耕社会が二四〇〇年近く続いた後に工業社会となり、工業社会が約一二〇年続いた後に情報社会となり、まだ五〇年ほどしかたっていないのに超スマート社会がやってくる。変化のスピードは速くなっている。

しかし、これは本質的な変化なのか？　人間が生き物である以上、動植物を育て食す営みはなくならない。毎日暮らす以上、工業製品もなくならない。コンピューターは誰もが使っている。今までの社会が育ててきたものはすべて存在し続け、そこにＩｏＴが加わるだけだ。ＩｏＴやドローンやロボットがあれば社会課題がすべて解決できるかのような表現がされるが、そんなはずはない。人が必要とするものも営みも苦しみも生老病死も何も変わらないのだ。

超スマート社会の到来とは、主に人手不足を補う仕組みと言っていいだろう。むしろ大事なのはその社会で起こる課題に今から対策を練ることだ。ビッグデータは不可欠だが、では個人データの何をどう渡し蓄積するのか。その過程で格差が生まれ個々人が困難に陥らないように、若い世代にデータサイエンスや情報リテラシーを身に着けさせる必要がある。大きな変化の中で生き抜くには、自分を守ることも重要なのである。

（'19・4・3）

外濠再生

このコラムで「循環の回復を」と書いたことがある。停滞している外濠（そとぼり）の水を江戸時代のように玉川上水とつなぎ、浄化循環させようという主張だった。外濠はかつて玉川上水とも神田川とも日本橋川ともつながり、弁慶堀も赤坂溜池（ためいけ）も外濠の一部だったのである。このことに注目すると、水の巡る（水で巡る）都市が再生できる。

この中心で動いてきたのが、二〇〇四年に開設された法政大学エコ地域デザイン研究センターである。一三年には外濠市民塾ができ、一六年には外濠再生懇談会ができた。この懇談会を軸に学校、大学、地域行政、市民の連携が広がっている。「企業市民」という言葉もできた。企業人や大学人は住民ではないが、足もとにある働く環境を変えることで日本の都市は変わる。そこで企業が集まって外濠水辺再生協議会もできた。

外濠再生懇談会主催で先月には「地域から外濠の再生を考える」というシンポジウムが

開催された。そこで「外濠ｖｉｓｉｏｎ２０３６」が発表された。外濠が開削されてから四〇〇年になるのが、三六年なのである。三六年にはこうなっている、という「外濠四季絵巻」はとても楽しい。玉川上水とつながって流れる水となる。「ハロウィン」が「江戸ウィン」になって、その日は皆が着物を着て仮装している。飯田橋の牛込見附（牛込御門）が再生される。舟運が復活するなど外濠は江戸時代の風景に近づき、さらに身近になるという構想だ。

法政大学の敷地には一九軒の旗本屋敷があった。隣の東京逓信病院は福島藩板倉家の上屋敷だった。外濠の向こう側の神楽坂を上がると牛込台地が広がり、そこは幕臣の旗本や武士たちの大小の屋敷がぎっしり集まっていた。武家の多い場所のように見えるが、浮世絵や狂歌の連は、この牛込の武士たちが町人とともに作っていたのである。外濠から、江戸を未来にすることができそうだ。

（'19・4・10）

漢語としての「令和」

「それは強調しなかった方がよかったのでは?」と思ったのが、「日本の古典からとったのは初めて」「『万葉集』が典拠です」という、新元号「令和」についての説明であった。発表される直前、同僚とつぶやき話をしていた。「日本の古典からとることも考えているようだ」「それは無理でしょう。日本の古典の言葉のほとんどは中国の文献がもとだから」「日本にこだわる場合は、万葉仮名を使うか仮名の和語を使うかしかない。元号が仮名になってしまうよね」

結果は案の定だった。「万葉集」が典拠と言ってはいるが、その大伴旅人(おおとものたびと)邸における梅花の宴(うたげ)の序文の典拠は、すでに報道されているように、中国の「文選(もんぜん)」賦篇(ふへん)の「帰田賦(きでんのふ)」に見える「仲春令月、時和気清」である。江戸時代であれば、漢字のみで書かれた「万葉集」の背後に中国の文献があることは自明だった。だからこそ江戸時代の国学者たちは真剣に、和語つまり仮名で表現される日本語の音にこだわったのである。年号の起源はそもそも中国なので漢字の組み合わせである。漢字で表す以上、中国起源になる。元号を日本のものにするには、漢字二文字ということじたいに無理がある。本当に中国離れをしようと思うのであれば、選択肢は二つしかない。元号をやめるか、元号を平仮名にするか、である。

しかし、もう一つ選択肢がある。それは「万葉集」を参考にしたと言うと同時に、その背後には「文選」があり、そこから分かるように日本文化は中国文化無しにはあり得なかった、と本当のことを表明することだ。天皇陛下は、桓武天皇の生母が百済の武寧王(ぶねいおう)の子孫であることを明言された。これらの事実は日本の政治的利点である。中国と韓国あってこその日本だと言い続けることで、東アジアの平和と主導権を握ることができる。政治家はなぜそれに気づかないのだろうか?

（'19・4・17）

主権者は誰か

「特別扱いはしない」と、私は常に言う立場だ。大学の催し物のチケットを家族に優先的にまわすことはしない。所属学部に有利になる予算の立て方もしない。公正におこなうだけだ。所属する研究所の仕事は、大学全体にメリットがある限りにおいて力を尽くす。そんなことは当たり前だと思っていた。なぜなら、大学は私のものではないからである。

江戸時代は支配する者とされる者が明確だった。権力者たちは「支配者」であり、年貢は被支配者からの「貢ぎ物」であるからどう使おうと文句を言われる筋合いではない。ただしあまりに放縦であれば「徳を欠く」と指摘され、経済基盤を支える農民たちが一揆を起こす。混乱が度重なれば支配者自身が無能とされ、何らかの方法で罷免される。権力を持つ者には徳が不可欠だったのだ。

現代はというと、国の「主権者」は国民であるから税金は貢ぎ物ではなく国民のものである。周囲が忖度（そんたく）して首相個人のために使ったなら、それは不正だ。株式会社の利益は社長のものではなく、株主や社員や顧客に還元すべきものであるから、株主総会に報告できない使い方をしたりすれば、やはり不正だ。そんな不正が平然と横行している。国民や株主は黙っていてはならない。現代におけるトップの地位とは、職務として政治や経営を預かるために就くものであって、個人的に得するために就くものではない。

副国土交通相が首相と副総理の意向を「忖度して」その地盤である地域に道路を通すために尽力したようだ。「事実ではない」と言い逃れたが、つい自慢したくなるほどの事実だったのだろう。権力を求める者は、国民の私的欲望にすり寄り、それをかなえる力を誇示する。だまされてはならない。主権者は国民だ。主権者は私利ではなく、公正さを求めることでのみ、主権を主張することができるのである。

（'19・4・24）

学問で食べられるか？

朝日新聞で、気鋭の研究者が大学に職を得られず自死したことが報道された。残念でならない。私は大学院進学を決断する際、安定した生活はできないことを覚悟した。入試面接では担当教授から「就職の世話はしない」と言われ「分かっています」と答えた。大学院を修了しても専任の研究職に就ける可能性は極めて低いことを、研究者は知っている。それでも研究への熱望から、生活手段を他に得て研究を続けている人々は多い。

とはいえ、大学と学部と教員のポストは、この二〇〜三〇年で格段と増えた。新聞記事は、博士課程修了者が増加し、教員ポストの増加がそれに追いつかないことが問題であるように書いているが、大学院は大学教員養成のためだけに存在するわけではない。留学生もいれば社会人もいる。誰にでも開かれている。一方、大学教員は研究者であっても「教育者として」雇われているのであるから、その覚悟が必要だ。社会に出てゆく若者たちの学ぶカリキュラムが、研究者の「生活」のために作られるようなことがあってはならない。

江戸時代は学問が盛んな時代だったが、学問で生活できるわけではなかった。私塾を開く人もいたが弟子が集まるとは限らない。そこで道場や寺子屋で働いたり医者をやったりと、生活手段を別に持ったのである。いつの世も、学問研究では、なかなか生活できない。

折口信夫は「文学や学問を暮しのたつきとする遊民の生活が、保証せられる様になった世間」となったものの、「役立たずの私」は、「学者であり、私学の先生である事に」いささかも誇りを感じないと書いた。ついこの間まで、学者として給与をもらっていることをありがたいと思いながらも、恥じらいがあった。だからこそ、少しでも研究や教育で世に貢献したいと思ったのである。その恥じらいが消滅したところには、社会とのつながりが切れたたこつぼ研究しか残らないだろう。

（'19・5・8）

役割社会における服

新年度のはじめ本学では専任職員の研修をおこない、私も講話をする。今年はダイバーシティーについても話した。新入職員のひとりが「私たちはいま服装をほぼ統一しています。振る舞いなどもそうです。これらが多様でもよいということになったら、無秩序になりませんか？」と質問した。

多くの人が目撃するように、新卒採用された社員たちは濃紺のスーツを着て男性はネクタイをしめ、多くの女性がスカートをはく。いわば研修着である。本学ではその上に、立ち居振る舞いまで教える。組織の伝統ともいうべきもので、大学の印象を守ろうと人事課が懸命におこなってきた。

新入職員の質問は、研修で教わる統一的な振る舞いと総長の言う多様性には矛盾があるのではないか、という意味である。鋭い。私は「多様性というのはそれぞれの特性を差別せず互いに大事にしようという考え方だ」と説明したが、これは核心をそらした答えだった。問いの本質は「多様性の尊重と無秩序の容認は同じか？」という問題であり、日常行動で言えば「自分はどこまで自由でよいのか」という迷いである。一〇年以上働いている職員に聞くと、部署によって仕事内容が異なるので臨機応変に変えるようになるという。それでよい。しかし何かひっかかる。

江戸時代では、社会における立場を髪形と服装で表現した。武士と商人は簡単に区別がつき、頭をそった人は僧衣であれば僧侶だが、道服を着ていれば学者か俳人で、いずれにしても社会から身を引いた者であることを表現した。服装が社会的役割に連動している社会なのである。

ニューヨークにいたとき、服装も振る舞いも千差万別で、奇矯であっても誰も気にしないことに衝撃を受けた。服装が個人と結びついた社会なのである。私自身は日本が役割社会であることを意識しながらも、今や「普通」ではない和服を着続けている。

（19・5・15）

平等の象徴となる制度へ

退位、即位、改元は大騒ぎだった。代替わりも皇室関係のバッシングも、報道は熱くなる。「皇室は国民に関心を持ってもらうことが大切なのだから、良い話も悪い話も、常に注目されているのがいいんじゃないの」と言うジャーナリストもいる。

江戸時代の京都でも即位式観覧券が発行された。即位式や大嘗祭（だいじょうさい）で使われた衣装が歌舞伎に取り入れられたこともあったという。一方、江戸をはじめ全国的には、皇室への関心は薄かった。しかし当時は天皇家周辺に形成されていた公家集団が、大きな役割を担っていた。仕事として、有職故実（ゆうそくこじつ）、和歌、蹴鞠（けまり）、華道、料理、衣装、雅楽、相撲などを伝承していたのだ。一方、武士は学問、武術、茶の湯、能を身につけた。公家と武家は相互補完的に日本文化を保持したのだ。公家を含む天皇家の集団は庶民の関心の対象ではなかったが、日本文化の実質的体現者だったのである。

さらに、江戸時代になると庶民が盛んに伊勢参宮と京見物に行くようになった。旅行という消費行動が、平安時代以来の日本を再発見することにつながった。

明治維新で公家も武家も解体され、天皇家は欧風になり、日本文化は市民が担うことになった。天皇家は現在、宮中祭祀(さいし)の実行、儀式のための有職故実、衣装道具類、歌会始の開催と和歌、所蔵品の管理という限られた範囲以外は、日本文化を支えることを仕事としてはいない。日本文化はむしろ私たち市民が支えている。

天皇は「象徴」であり続けることが責務となった。病や老いを抱えながら、戦後日本の人々の困難に向き合う姿には心打たれた。しかし天皇制は、日本社会が持ち続けている男女不平等の象徴でもある。天皇ご自身にはどうにもできない。主権者である私たちがその制度を変えない限り、天皇家はそう遠くない将来、消滅の危機にひんするであろう。

（19・5・22）

三都

建築家の磯崎新さんが、建築家のノーベル賞とも言われるプリツカー賞を受賞なさった。パリでの授賞式直前に、法政大学江戸東京研究センター主催で、特別講演会が開催された。パリでは受賞記念レクチャーをなさらないとのことで、本学でレクチャーとシンポジウムを実施し、映像を公開してくださったのである。

磯崎さんは建築家だが、その著書「始源のもどき」「見立ての手法」「建築における『日本的なもの』」などは優れた日本論である。この日の講演テーマも「東京は首都足りうるか—大都市病症候群」という題名で、空間による日本論であった。まるでブラックホールのようにあらゆるものをのみ込み一極集中する東京を、三都に分散する構想である、と私は理解した。

江戸時代の江戸は首都ではなかった。京都が首都で、経済の中心である大坂とともに

「三都」と言われた。江戸は世界最大の人口を持つ都市だったが、それでも、今ほどの人口集中ではなかったのである。その理由は、三都に価値と注目が分散されていたからだった。参勤交代という制度によって、江戸には仕事を目的とする人口が集まったのだが、商人と天皇家と公家の町であった京都には武士が少なく、伊勢参りのついでに楽しみのために寄る人が多かった。

詳細は省略するが、磯崎さんが示した新たな分散は、京都と沖縄であった。即位式と大嘗祭（だいじょうさい）は以前のように京都でおこなう。上皇、上皇后両陛下は沖縄に離宮を作って移り住む。画像を見ながらそれを聞いていると、空間感覚が変わってきた。視点が分散されたのだ。日本がとても広くなり、沖縄から見る日本が浮上してきた。東京が、沖縄と京都に解き放たれ、日本列島が呼吸しはじめたような気がした。沖縄に移り住んだ磯崎さんは、日本を見る新しい視野を手に入れたようだ。いま沖縄から日本を見ることは、とても大事なのではないだろうか。

（'19・5・29）

介護社会

介護施設で暴力があったかもしれない、という。報道では詳細は分からないが、それだけに高齢者を抱える家族は不安に思う。今は家にいられれても、介護しきれなくなった時は施設が頼りだからだ。

私は母を在宅介護しながら働いている。頼りになるのは地域のケアマネジャーさんやヘルパーさん、そしてデイケアやショートステイを受け入れてくれる施設だ。とりわけ、何でも相談できる素晴らしいケアマネジャーさんがいて、助かっている。介護保険制度はさまざまな課題を抱えてはいるが、必須の社会基盤だと思う。

それでも、生活全般を見渡して管理するのは家族だ。問題があれば改善し、足りないものは購入しておく。施設や病院とのやりとりや複雑な書類の記入なども家族の仕事である。食事を作る時間がないのだが、良い時代になった。ありとあらゆる宅配や売っている総菜を調べては母に試してもらっているが、その種類の多いこと。

江戸時代と比べてみれば、今の高齢化社会はまさに介護社会である。江戸時代のように老後が短ければ介護する時間も短い。当然働きながら世話をするわけだが、子供もまだ若い。近隣コミュニディーもあったので、互いに助け合うこともできた。私たちの社会はすでに人生一〇〇年時代に突入している。私自身が高齢者だ。だが高齢者も働く時代なので、働きながらの老老介護なのである。そういう世帯は増え続けるだろう。支えてくれる施設や組織がなければ、到底やっていけない。

しかし施設の数は間に合っていない。今後はますます足りなくなるだろう。介護士さんも過剰労働となり問題も起こりやすくなる。在宅で介護できる仕組みが整えばその方がよいに違いない。それには人手が要る。介護に携わる人たちが健全に働くことのできる介護社会の構築を急がねばならない。私自身は、自分で自分を介護するしかないのだから。

（19・6・5）

祭りの継承

今年、松江市は一〇年に一度の「ホーランエンヤ」という祭りの年であった。「ホーランエンヤ」とは、約三七〇年の歴史のある城山（じょうざん）稲荷神社の式年神幸祭の通称である。多くの船が大橋川と意宇川で行列する壮大な祭りだ。

まず最初の日に御神霊が城山稲荷神社から阿太加夜（あだかや）神社へと川を移動する。それを五つの集落の船が送って行くのを渡御祭（とぎょさい）という。阿太加夜神社で七日間の祈とうの間に、中日祭（ちゅうにちさい）をおこなう。そして逆の道順で帰っていく還御祭（かんぎょさい）で終わる。その還御祭を拝見することができたのだ。

まず神官が大幣（おおぬさ）で水上の道を清める。その道を神霊を乗せた屋形船が通っていく。その後、そろいの衣装でこぎ手をそろえ黄金の擬宝珠で飾り立てた五隻の櫂伝馬船（かいでんません）が、ひき船や供船を伴って水上を行列していくのだ。櫂伝馬船のへさきでは、勇壮な歌舞伎装束の青年が剣舞を舞いながら船のこぎ手たちを奮い立たせる。船尾の四斗だるの上では、鮮やかな女形姿の若者が采を振る。船中では太鼓と唄がはやし続ける。山車の行列に似ているが、すべての船を水上で一望できるところが華やかだ。

山車やみこしや風流の飾りを伴う祭りは江戸時代に増えた。若衆たちが長老に交渉して増やしていったのだ。しかし単なる遊びではない。祭りを目標に、競いながら芸を磨く集落ごとの若衆の結束は、災害や一揆や集落の安定的存続に欠かせなかった。他の集落との間で神霊を移動させる行為は、自然神を奮い立たせる行動ではあるが、同時に互いの集落を祝福し合う、いさかい回避の行動でもあった。祭りの道具を作るために職人技術が磨かれ、歌や楽器の楽しみも増えた。祭りには高い効能と価値があった。しかし今どこでも担い手がいなくなっている。

祭りが消えた日本は、たちまち元気がなくなるに違いない。存続する方法を、各地で考えなくてはならない。

（19・6・12）

今年も沖縄慰霊の日に考える

六月二三日は沖縄の「慰霊の日」である。

沖縄戦は一九四五年三〜四月のアメリカ軍上陸によって開始された。国内最大の地上戦が行われ、約二〇万人の戦死者が出たと言われる。米軍の日本本土上陸を阻止するための犠牲の戦いであった。その組織的戦闘が終了したのが、六月二三日とされる。しかし八月一五日を終戦記念日とする本土では、ほとんど報道されない。そこでこのコラムであえて書くのは三回目だ。

今年書くべきだと思った理由がある。それは五月二八日にアメリカのトランプ大統領が、海上自衛隊横須賀基地に寄港している護衛艦「かが」にヘリコプターで降り立ち、それを安倍晋三首相が迎えるという演出がなされたからだ。アメリカの大統領が自衛隊の艦船に乗り込むのは初めてという。政府は約一兆円かけてアメリカからステルス戦闘機F35を一

○五機購入するという。誰が大統領であろうと日米安保体制と日米地位協定は存在するのだが、それを「軍事的な同盟」として世界に見せたのが、大統領訪日の仕掛けだった。
その演出の目的は対中国か、あるいは憲法改定へ道を開くことなのか？　どちらにしても、オバマ大統領の広島訪問が意味するものとは、だいぶ違う。

琉球王国は薩摩藩に半ば侵略されながらも、独立国として北京の皇帝と江戸の将軍に礼を尽くし、江戸時代の人々は使節団によって、琉球王国の存在に強い印象を受けていた。その後、沖縄は明治政府によって支配されたが、沖縄の人々は本土復帰を、憲法九条への復帰として歓迎し、期待した。

しかしアメリカの軍事基地は沖縄に集中したまま、新たな基地も建設されている。「かが」の風景から見えたのは、日米のさらなる軍事的な連携である。日本全体が米軍基地の列島として、沖縄化していくのだろうか。

（'19・6・19）

家で働く

引きこもり続ける中年の息子や娘を高齢の親が支えている状況を「八〇五〇問題」という。「引きこもり」の定義にあてはまる人々は満四〇歳〜満六四歳で六一万三〇〇〇人いるとされる。定義とは、以下の四項目のいずれかが六カ月以上続いていることだ。自室からほとんど出ない、自室からは出るが家から出ない、近所のコンビニなどには出かける、趣味の用事の時だけ外出する。四項目には全て「出」という字が使われている。外に出るか出ないかが、問題にされているのだ。就労の場合も「仕事に出る」と表現される。だがインターネットや人工知能が身近になった時代に、この基準のみで良いのだろうか？

江戸時代の人々はその多くが家にいた。店に通う人もいたが大半は海、山、田んぼ、家が働く場であった。商家では家族が一緒に仕事をし、武家では執務もあるが、基本的にはその家の経営が仕事だった。教師や医者も家で開業していた。女性たちは染織や紙すきなど家でおこなう職人仕事で現金を得ていて、育児とも両立できた。

それが近代工業時代になると、体力も能力も異なる人々が工場に集められ、同じ時間内で仕事をこなさねばならなくなった。効率が良くなり収入が安定するというメリットはあったが、外に出て一律の条件で働くことになったのだ。とりわけ現代は、高度なシステムに生身の自分を合わせて働いているような気がする。適応できない人が増えるのは無理もない。

八〇五〇問題の核心は経済的自立だ。家で学び仕事をする方法の模索が必要ではないだろうか。既に家でのみ勉強する子供たちがおり、在宅で仕事をする人々もいる。仮想空間でコミュニケーションをとる人々もいれば、家事や介護の経験を外の仕事につなげている人々もいる。在宅であっても仕事は社会とのつながりを生む。「出」という字にこだわらず「居」で生きる自立の道を、広げていく方法があるはずなのだ。


（19・6・26）

都市と大学

江戸時代に「懐徳堂（かいとくどう）」という塾が大坂にあった。商人が学ぶための高等教育機関で、一七二四年に商人たちが師を呼んで設立した。いわば私立大学である。仕事優先で、いつ参加してもいつ退出してもかまわなかった。いかにも大坂らしい学び方である。江戸時代の学問は出世や就職の道具ではないので、商人たちが利益だけを求めていたのではなく、人間としてのあるべき姿を考え続けていたことがわかる。懐徳堂の関係資料は後に大阪大図書館に収められた。

大坂では約一〇〇年後に「泊園書院（はくえんしょいん）」という漢学塾も開かれた。町人ばかりでなく武士も含め約五〇〇〇人が学ぶ大坂最大の私塾となり、戦後の一九四八年まで続いたというから驚きである。こちらは関西大の源流の一つになった。

先日その関西大で、非常に面白いシンポジウムを聞くことができた。法政大は明治大、関西大と三大学連携協力協定を結んでいる。いずれも、若い創設者たちがフランスの法学者であるボアソナードに学んだという共通点があり、そこで「ボアソナードとその教え子たち」という展示を巡回し、それぞれの大学ならではのシンポジウムをおこなったのだ。その最後の回であった。

私も江戸時代の藩校や私塾と近代の私立大学との関係に注目している。関西大も漢学塾・泊園書院を大事にしている。さらに、当日のパネリストであった近世史の専門家、藪田貫（やぶたゆたか）・関西大名誉教授は、「大学は都市とともに考えた方が良いのではないか」という重要な観点を下さった。

確かに法政を含む代表的な私立大学が大学令によって「大学」となった一九二〇年、日本で最初の都市計画法が施行された。また関西大は鉄道の延伸と郊外住宅地の開発によって、町づくりとともに一九二二年に「大学」として認可された。都市の発展と学校の関係について、江戸も含め、さらに考えてみたい。

（19・7・3）

大学と危機感

近ごろ経団連や財務省の方ともお話しするようになった。「採用と大学教育の未来に関する産学協議会」が発足し、大学が産業界と密接な対話をするようになり、その関連のフォーラムやシンポジウムが開催されるようになったからである。四月には「産学協議会」より中間とりまとめと共同提言が出され、これからはテーマごとの実施段階に入っていく。

「大学教員には危機感がない」という懸念の声をよく聞く。確かに振り返ってみると、江戸時代の私塾は大きな社会の変化とそれに対する危機感によって作られた事例が多い。荻生徂徠の私塾「蘐園（けんえん）」は一八世紀初めにできたが、従来の朱子学では時代を切り開けないと、中国語そのものを学んで古典の解釈のし直しをおこない、政治思想としての学問を探った。この、政治活動につながる中国の思想の研究と教育は幕末には陽明学として表れ、また吉田松陰の松下村塾のような実践をともなった塾にもなった。いずれも、日本の対外的危機感が動機になっている。

蘭学は早くから日本に定着していたが、幕医やオランダ通詞などの特殊領域を抜け出て、多くの藩士が医学や博物学のために蘭学を学び、幕末にはさらに広がってフランス語や英語を教える塾もできた。これも国際対応への危機意識から起きた変化である。

人口が増え進学率が上がり続けた戦後日本では、進学者増加に対応するために大学や学部や定員が増え続け、私立大学は全大学の約八〇%を占めるまでになった。入学者の急増も確かに一種の危機であってそれに対応したのであり、高等教育は一気に広まった。

しかし今、国家財政問題や少子高齢化という経験したことのない危機を前に、大学はもう一度大きく変わる必要がある。個性を伸ばして新しい領域を切り開く。生涯学び続ける。そういう能力をつける場所が、これからの大学なのだ。

（'19・7・10）

風韻講座

江戸時代の人々は複数で五七五、七七を三六句まで付け合う俳諧をたしなんだ。俳諧師を迎え座を巻いて教えてもらう。寺子屋の同窓会・筆子中が師を招いて俳諧を巻くこともあった。俳諧師は都会の裕福な商人から村の農民に至るまで、指導して生活していた。

師について和歌を作る商人の女性たちも珍しくなかった。時間とお金がある人たちは、女性同士、歌を作る旅に出て記録を残している。江戸では狂歌（和歌のパロディー）が流行して、いくつもの狂歌連ができていた。つまり江戸時代の人々は日常生活で詩人だったということだ。五七五の短型はちょっとした時間の隙間（すきま）で作ることができる。働くことと創造することが両立するのである。

私も時々は江戸人のその日常を味わうことがある。以前にもご案内した「イシス編集学校」は、古今東西にわたる大量の読書をしながら、自分の内面を本に結びつけることで把握力や表現力を鍛えるインターネット上の私塾である。「守」「破」「離」というコースが設定され、それとは別に「遊」という文学の実践コースが設けられている。その中に和歌や俳諧など五七五定型でさまざまな創造をする「風韻講座」があるのだ。普段はインターネットでやりとりするが、先日その講座の会合に出かけた。

まず近くの寺に吟行した。道を歩きながら全方位的に観察し、皮膚で温度湿度を感じ取り、短時間につかんだ情報を言語化する。感じ取ったことは多いが、その一部しか言葉にできない。名前を知らない花や草もたくさんある。多くの言葉から厳選し、季語を入れて五七五にする。言葉はたくさん思い浮かんだのだが、数句しかできない。もっと作りたくなる。つまり江戸時代の庶民の日常とは、これだったのだ。和歌、俳諧、漢詩、季節の動植物のことを学びながら語彙を増やし、その組み合わせに没頭する。日常生活の中に別の世ができる。豊かだ。

（'19・7・17）

かすり

法政大には学生の保護者の会である「後援会」がある。戦後焼け野原から再出発した大学を支えたのが保護者の会で、それ以来、活発な活動が各地で続いている。夏になると総長、理事、学部長が手分けして全国の後援会の会合に出席する。それは地方の文化を知る良い機会でもある。

私は今年、鳥取県倉吉市で開催された会合に出席した。倉吉は江戸時代から絣織(かすりおり)で知られたところである。絣織はインド、ペルシャ、中国では古代から生産されていたようで、日本にも入ってきている。やがてインドネシアや琉球や東南アジア各地に広がり、一四世紀には琉球で芭蕉布の絣織の生産が始まった。国産の絣織が本格的に地域産業として開花したのが江戸時代である。一七世紀に麻の絣織が生産され一八世紀には綿花栽培と木綿織物の普及とともに、各地で綿絣が生産され始めた。薩摩絣は一七四〇年ごろから、大和絣は一七五〇年代から、久留米絣、伊予絣は一八〇〇年ごろから、そして広瀬絣、弓浜絣、倉吉絣など山陰の絣は一八一八年ごろから生産が始まっている。これは倉吉絣保存会の顧問であり、絣の代表的研究者である福井貞子さんの受け売りだ。

福井さんは倉吉在住で、山陰の約一〇〇〇種の標本を作り、絣柄帳・標本帳約七〇〇種の文様を徹底調査なさった方だ。法政大学出版局から「絣」「木綿口伝」「野良着」「染織」などの本を出版なさっていて、私はずいぶん福井さんの著書から学んだ。ちなみにこれらの本は、法政大学出版局の「ものと人間の文化史」というシリーズの一部である。このシリーズはすでに一八〇冊を超えている。

鳥取県では二〇年以上前に青谷にある山根の和紙工房で和紙制作の経験をした。そのとき組織とともに、「民芸運動」を率いた思想家の柳宗悦（やなぎむねよし）がこの地の工芸に与えた深い影響について知った。各地の伝統工芸の歴史はまことに奥深く面白い。

（'19・7・24）

季語と着物

いよいよ七月も終わった。今年の七月三一日は旧暦の六月二九日。三〇日まである月を「大の月」と呼んだ江戸時代では、今年の六月は「小の月」である。従って次の日から旧暦では七月一日だ。珍しいことに新暦でも一日、つまり八月一日なのである。月の満ち欠けが日にちと一致する貴重な年だ。そして一月から春を数える江戸時代では、七月は秋の始まりなのである。

着物では、新暦の六月から単衣(ひとえ)になり、七月、八月は夏の着物で、九月にまた単衣になる。しかし着物においても新旧暦のずれが気になる。八月は夏の着物である絽(ろ)や紗(しゃ)の季節だが、旧暦ではすでに秋なので、私は絽や紗にしつつ秋色を取り入れる。逆に、実際に暑い六月から七月には、いかにも夏らしい色彩を心掛けるのだが、その色彩の中に秋の文様が多い。薄緑の涼しそうな単衣を着ようとすると、そこに民芸調のカボチャの文様があって迷う。これは秋の季語である。青色の夏帯を締めようとしたら、そこにキキョウの文様がほどこされている。これも秋の季語だ。これらはようやく、旧暦の秋である八月一日から身につけていいはずだが、新暦ではまだ夏なので、果たしてふさわしいのかどうかと、はたと困ってしまう。

着物の季節感と和歌や俳諧の季語とは密接な関係がある。着物は詩歌の世界のなかで育ってきたからだ。帆船を眺める松原とともに、青空いっぱいに鶴が飛び交う素晴らしい江戸時代の着物がある。私はてっきり夏空だと思っていたが鶴は冬の季語なのだ。したがって冬の着物なのである。山中の川をのんびりと過ごすおしどりの文様がある。いかにも春のようだが、おしどりは冬の季語だ。梅が咲いているが、梅は春の季語としても冬の季語としても使う。同じように、他の言葉と組み合わせて四季に対応する季語に、松と竹がある。したがって松竹梅は、着物の文様としてもたいへん便利なのである。

（'19・7・31）

新復興論

二〇一八年大佛次郎論壇賞を受賞した「新復興論」の著者、小松理虔（りけん）氏に、法政大ホームページで公開する「総長対談」に来ていただいた。「新復興論」は福島県いわき市出身の著者が、「いつの間にか防潮堤ができ」町が「土の下に埋められてしまった」復興を目の当たりにして、自ら本来の復興である「地域づくり」に取り組んでいる、その記録である。新しい言葉が次々に現れ、そのたびに目の前が開けていくような快著だ。

新しい復興のありかたを象徴するキーワードが「誤配」である。誤配とは「届けようと思っていなかった人に偶然メッセージが届き、それが予期せぬ配達だったがゆえに、そこに新しい解釈や意味が生まれ、それが、問題を解決に導くヒントになる可能性を持ってしまうこと」だ。内側で解決しようとするのではなく、外部と偶然つながってしまうことが「地域づくり」には欠かせないという。たとえば観光はそのひとつだが「情報だけでは人は動かない」ので、「おいしい」や「面白い」や「楽しい」を探索、開発し続けている。

もうひとつのキーワードが「障害福祉」である。「原発事故は福島の障害」であり、地域づくりは障害福祉に学ぶところが大いにあるという。第一に障害を受け入れることから始まる。次にその当事者の話を聞くというプロセスが欠かせない。福祉という現場でも復興の現場でも、内部に閉じることで問題が起きる。誤配や観光やコミュニケーターの存在によって、関わる人が増え、結果的に地域づくりという公共的な事柄が実現していく。著者はその壮大な実践を重ねている。活気ある新しい町が誕生することこそ復興なのだ。

江戸文化もコーディネーターの存在を通して「連(れん)」の仕組みに身分や立場や能力の異なる人々が集まり、アイデアが出現し実践が重ねられた。多様性と外部性は、世界を新しくしていくことに不可欠なのである。


（'19・8・7）

遊行・漂泊

今年も盆がやってきた。この時期には亡くなった身近な人を思い出す。今年は私の師であった廣末保氏のことを思っている。つい先日「生誕百年・廣末保の仕事」というシンポジウムを法政大で開催したからである。

廣末保先生は近世文学にいくつも新しい視野を開いた。そのひとつが遊行（ゆぎょう）、漂泊、悪場所である。忘れられない体験がある。江戸文学に夢中になった私は初めて廣末先生の講義に出た。しかしぼうぜんとした。全くわからないのである。にもかかわらず今でも、先生が何を話していたか覚えている。遊行と漂泊についてだった。

遊行と定住という対比が、廣末保の研究の根幹にある。私は近代との対比で近世を見ていたが、廣末先生は中世からの連続と断絶で近世を見ていた。さらに、廣末先生が生まれ育ったのは高知だった。お遍路さんと毎日出会う。今のお遍路さんとは異なる。病やさまざまな苦境に陥り、旅の費用もないまま祈りのためにはうように歩き、家の前に立って恵みを乞う。そういうお遍路さんだ。先生は「旅」というとお遍路さんの姿を思い出すようになった。

中世から近世にかけて、日本には農民に代表される定住して生産する人々と、漂泊して治療や布教や芸能に従事する人々がいた。そこまでは網野善彦の歴史論と共通する。しかし決定的に違うところがあった。それは廣末保は定住民の中に漂泊民への「恐れと蔑視」を見て、漂泊民の中にその恐れに乗じた「悪意」「脅し」「詐術」を見ていたことである。漂泊民は定住民の罪を担う。担わせたうしろめたさは金銭で受け渡される。そのような「不可分の関係」があることを見抜いた。定住と遊行・漂泊は分類ではなく宿命的な「関わり」であったのだ。

江戸時代の芝居町と遊郭が「悪場所」とされたのは、その漂泊の者たちがたどり着いた場所だったからである。

（'19・8・14）

盆の休み

江戸時代の休暇は盆と正月だけだった。年二回しかない。いかにも「ブラック」である。しかし人口の約八割を占める農民および在所の商人や職人は、風土と季節に合わせて働いている。相手は植物や生き物なのだから、「九時から五時まで労働。土日は休み。有給休暇あり」というわけにはいかない。農繁期に働いて、農閑期には休むかまたは家の中の仕事に切り替える。一日のスケジュールも、早朝に働いて朝食をとり、また働いて午後は早く切り上げる。キリスト教の神様が決めた休日は無いが、月一回の節句や一〇日ごとの区切りはあって、その時はいつもと違う楽しみもあった。

なかでも盆は特別な休みだった。なにしろ亡くなった人たちも家ないしは集落に戻って来る。おそらく盆は、帰るべきところに帰り、稼ぎとは別の本来すべきことをする日だったのであろう。死者とも、ふだんは都市で働いている人たちとも、共に楽器を奏で共に踊る日々であった。

かつての働き方はつまり「成果主義」である。生産物のなかから年貢を納めたあと、藩の専売制があればその中で残りを売り、なければ市場に売る。個人事業主が今よりずっと多い世の中なので、何時間働こうと稼ぎは成果しだいなのである。

だからといって稼ぎばかりして家族や共同体のつとめを放り出すのは、人としてどうなのか、という価値観があった。生きるとは稼ぐことだ、とは考えていなかったのだ。お金を稼ぐことも、家族や共同体や社会のために働くことも、「人として働くこと」なのである。盆はその機会であった。

私は今、大学の仕事と共に家事と介護という仕事もあり、そこには動物や植物の世話も含まれる。以前は少しでも多く研究や執筆の時間を得ようともがいていた。しかしどうにもならない時が来たとき、「人の働き」の多様さと豊かさに気づいた。

（'19・8・21）

関東大震災の日

毎年、終戦記念日には大学のホームページ上にメッセージを載せる。今年はダイバーシティー&インクルージョン、つまり多様性を認め互いに包摂することをテーマにした。国や民族同士のいさかいや戦争は、その理想からもっとも遠いところにあるからだ。

六月二三日の沖縄戦慰霊の日から始まって、原爆投下日、終戦記念日、そしてもう一つ忘れてはならないのが一九二三年九月一日の関東大震災である。関東大震災は江戸時代の元禄地震とともに相模トラフ巨大地震に分類される。この日私の父は一歳で、その姉が圧死した。母方の祖母は横浜で仕事をしていたが、とんでもないものを目撃した。顔見知りの近隣住民が朝鮮の人を刀で斬り殺したのだ。流言飛語により軍隊や警察まで巻き込んだこの一連の殺傷は、決して忘れてはならない出来事だ。

地震が起きればぼうわさが発生し殺人が起こるのか？　いや元禄地震でそんなことはな

かった。関東大震災の日に起こったこの出来事は、そのずっと前からの差別と恐怖が生み出したものだ。なぜうわさの内容が暴動だったのかといえば、日本人が暴動を恐れていたからだ。一九一〇年から韓国朝鮮は日本の植民地つまり支配下にあった。支配・被支配関係が一方に恨みを、もう一方に差別感をもたらし、双方が互いを恐怖する関係となる。その感情が震災のような不安な状況下で噴出するのであろう。

特定の二国間の話ではない。世界中でなされてきた虐殺、性暴力、奴隷化と強制労働、ヘイトスピーチ、芸術表現への脅迫と圧殺。それらは現在でも世界中で起こっている。その背景には戦争、暴力、支配関係があった。だとすると、多くの国と企業が賛同しているSDGs（持続可能な開発目標）に従ってそれをなくすことは、日韓どころか世界中が共通に掲げる目標だ。どうすれば目標に向かって克服できるか？　それこそを共に考えるべき時だろう。

（19・8・28）

社会とつながる勇気

二〇一九年の八月、中央公論新社から「孤絶―家族内事件」という本が出た。著者は読売新聞社会部である。彼らは以前にも死刑問題についての「死刑」や、東京電力女性社員殺害事件についての「再審無罪」そして「貧困　子供のSOS」など、目下起こっている社会問題について、政治的な思惑を交えずに当事者の声をしっかりと聴くという姿勢の本を出している。左翼右翼というもはや無意味な分類意識も政治政党へのそんたくもない若い記者たちが、社会の現実に気づき、当事者たちの声を聴き伝えることが、とても大切なのである。

さて「孤絶」である。ここに書かれているのは連れ合いや子供による介護殺人、ひきこもりや精神障害の息子、娘への親たちによる殺傷、子供への虐待、孤立死などについてである。比較するために海外の事例も取材しているが、ともかくいたたまれない事件ばかりだ。しかしそれこそが今の社会の現実である。江戸時代であれば農家は農村という共同体のなかにあり近隣が手助けできた。「向こう三軒両隣」でも五軒あるわけだから、特定の人に負担をかけることにはならない。商家も長屋も武士の家も、隣近所や雇用している人たちなど、今より人の出入りが多い。

介護保険制度のもとでの地域包括支援は、それと同様の状況を作り出す。我が家の場合、母が介護認定を受けた後は必要に応じてケアマネジャーさん、ヘルパーさん、訪問医訪問歯科、デイサービスのお迎え等々、さまざまな人が出入りするようになった。

「孤絶」の事例は人に迷惑をかけたくないという気持ちが根底にある場合が少なくない。しかし介護保険制度は全額ではないにしろ本人が支払っている保険で賄われるわけだから、遠慮する理由は全くない。人は社会のなかでしか生きられない。弱くなった時こそ、社会とつながる勇気が必要だ。「孤絶」はそういう思いを抱かせてくれた。

（19・9・4）

もし日本が分断されていたら

日本の敗戦後の分割統治案は周知のとおり北海道と東北地方はソ連、関東と中部地方はアメリカ、東京はアメリカ・ソ連・中国・イギリスの共同、関西地区はアメリカ・中国の共同、四国は中国、九州・中国地方はイギリスの、各統治案となっていた。もし分割統治になっていれば、その後、朝鮮戦争と同じように日本列島内部で戦争が起こり、共産圏と自由主義圏に二分されていただろう。それが七〇年近く続いたら、私たち日本人はどうしただろうか?

二〇一九年八月一五日の光復節におこなわれた韓国の文在寅(ムンジェイン)大統領の演説の中に、二〇三二年にソウル・平壌共同オリンピックを開催し、四五年の光復節までには「一つになった国(One Korea)として世界にそびえ立つことができるよう、その基盤を強く押し固めることを約束します」とあった。前年の光復節では「政治的な統一は遠いとしても、南北間に平和を定着させ自由に往来し、一つの経済共同体を成し遂げる」と語るにとどまっていたわけだから、統一に向けてかなり具体的なシナリオができつつあることを感じた。その前の部分では、国防費と分断費用をなくして南北の力を合わせるなら八〇〇〇万人の単一市場を作ることができ、世界経済は六位になり、五〇年ごろには一人当たりの国民所得七万～八万ドルが可能、という試算まで語っている。共産圏諸国が自由主義経済圏と同じような市場開拓をおこなっていることで、共通の目標は経済発展となり「低成長、少子高齢化の答え」を見つけることになる、ということだ。

最初の問いに戻ろう。日本が分断された状態で少子高齢化を迎えたら日本人はどうしただろう？　政治体制の違いにあくまでこだわり軍事費を増やし続けるか？　熱望していた統一に向け合理的な理由と方法を模索するか？　江戸から見ると、分割された日本はまるで暗闇だ。そこで、このことをずっと考え続けている。

（'19・9・11）

東京への政策提言

このコラムでは、外濠(そとぼり)の再生について二回書いている。一回目は浮世絵を取り上げ、いかに江戸が水の都であったかを振り返り、法政大学エコ地域デザイン研究センターが外濠に再び玉川上水の水を引き込み、水質を上げようと計画していることを紹介した。

二回目はそのエコ地域デザイン研究センター、外濠市民塾、そして周辺の大学、学校、企業の集まりである「外濠再生懇談会」が中心になって「外濠の再生を考えるシンポジウム」を開催したその様子を伝えた。当日披露された「外濠ビジョン2036」という将来構想と「外濠四季絵巻」という絵も紹介した。

これらの活動をもとに、つい先日、中央大学の福原紀彦学長、東京理科大学の松本洋一郎学長、そして私の三人の連名で、小池百合子東京都知事に政策提言をお渡しした。この三大学は外濠に面している。提言の題名は「外濠・日本橋川の水質浄化と玉川上水・分水網の保全再生について」である。

提言は三つある。第一は、玉川上水・外濠・日本橋川に多摩川の河川水を導水し、それを水質浄化と防災水利、自然・歴史文化の保全の役割を果たす「グリーンインフラ」として位置付けること。第二に、特にオリンピックのマラソンコースになる外濠や再開発が進む日本橋川については、早急に通水することで水質改善の策が必要であること。そして第三に、水質改善と維持管理について、大学、研究機関、市民団体の知見を集約し、協働体制確立のために委員会を設置すること、である。

玉川上水は大変困難な工事を乗り越えて開削された。江戸が世界最大の都市になったのは、これら上水道、物資の流通機能、外濠のような安全保障機能などを政策的に重視した結果であった。現代の東京は自然の循環と景観、防災機能、そして気温を下げる政策が必要である。考えているだけではなく提言をしよう。

（'19・9・18）

プラスチック代替

「週刊金曜日」の八月二三日号で、怖い話を読んだ。海の生き物だけでなく、人間も空気中にただよっているマイクロプラスチックを吸い込み、飲食物から知らないあいだに摂取しているのだという。ペットボトルで水を飲んでいる人のプラスチック摂取量は、水道水を飲む場合の二二倍という衝撃的な数字だ。これからどういう影響が出るのか予想がつかない。

江戸時代では、ひょうたんや竹の筒で飲み物を運んだ。湿気のあるものを包むにはタケノコの皮が重宝された。私の子供のころも、梅干しをタケノコの皮で包んでその汁を吸うのがおやつだった。

江戸時代の人たちは木や竹で入れ物やひしゃくなどを作り、稲わらで雨コート、長靴、スニーカーにあたるものを作った。捨てた後は発酵させて畑の肥料にしたのである。とりわけ紙は優れた製品で、何でも作ることができた。

擬革紙（ぎかくし）というものがあった。江戸時代は海外からの輸入品を国産化する技術が飛躍的に発展する。ヨーロッパから革にエンボス加工で文様をつけた金唐革（きんからかわ）が輸入されるようになると、それを紙で作ったのである。一七世紀に伊勢の油紙屋が始めたという説と、一八世紀に平賀源内が発明したという説がある。源内の文章から、江戸でたばこ入れを作って売ったことは事実のようだ。明治以降は日本の輸出品になり、長く壁紙として使われた。

紙は日本の平安時代からの得意分野である。湿度の調整も可能で、衣類にも建築にもさまざまな容器にも使われた。雨があたっても水分を吸ってまた乾くだけで、簡単には破れなかった。油や漆で水分を通さない加工もできた。

プラスチック代替と言われるが、プラスチックが自然物を模倣してきたのである。それが海や生き物を壊し始めているなら、もとに戻す方法を考えればよい。木、麦、稲、紙、布で日本は先端を行くことができる。

（'19・9・25）

論争型編集で見えたもの

江戸時代、俳諧というものが盛んだった。五七五と七七を連ねていく。ある句を前の句に続けて読んだ場合と、次の句とともに読んだ場合とでは、シーンや意味が違ってしまう。むしろその変化を楽しみ、価値を置いたのである。

遅ればせながら映画「主戦場」を見た。アメリカ人が監督した映画だ。三〇人近い人々にインタビューし、その語っている映像を論争型に編集している。編集は時に、その本人の言おうとしていることが全体の文脈から切り離され、他の要素と組み合わされることで意味が変わってしまう場合がある。私は映画を見る前、それを懸念した。「そんな発言はしていない」と訴える人でも出てくるのでは、と。しかしこの映画の論争型編集の効果はむしろ逆で、ひとりひとりの本性や考えが、言葉と表情から、明確に見えるのである。

そして、背筋が寒くなった。日本がどこへ向かおうとしているか、それはなぜなのか、敗戦後の岸信介内閣の始まりとともに走り出したその行く先に、その孫によって何がもたらされるのか？　その孫を背中から支えているなんとかいう会議体。その会議体を中心に、ぐるぐる回っている「伝聞」で構成された言葉だけの幻想世界が見えてしまった。人の書いたものは読まないと断言する人や、自分では調べない人や、人権諸問題をちゃかす人々によって構成された言葉や論理に、もし国のトップや内閣が依存しているとしたら？

そう、背筋が寒くなるのである。その反対に、不都合な真実であっても真剣に突き止め受け止め、そこに向き合うことを自らの生き方とする人々も見えた。私はどう生きたいか。それを問われる映画である。ちなみに私のこの文章、固有名詞も映画のテーマも書かれていない。なぜなのか。ある特定の言葉を書くと脅迫されかねない、「表現の不自由」社会になっているからだ。意味不明の方は映画を見てください。

（'19・10・2）

#ＫｕＴｏｏ

署名を集める組織であるChange.orgで、職場でのパンプス強制をなくすことを求める#ＫｕＴｏｏ運動が始まったときには、「まだそんなことが強制されているのか」と驚いた。#ＫｕＴｏｏとは、靴、苦痛、そして女性差別を訴える#ＭｅＴｏｏを重ねた言葉で、とてもしゃれている。

販売職の女性が、高さ五センチ以上のパンプスを履かなければならないのはおかしいと訴えている。就業規則にそういうことが書かれているのか、書かれていなくとも圧力があるのかそれぞれだろうが、広くおこなわれているようだ。「就活ではこんなにもつらい靴を履かなくてはならないのか」という大学生の声は、ひとごとではない。学生も守らねばならない。「東日本大震災を忘れたのか⁉」という書き込みもあり、地震や異常気象の時代に入った日本で、ハイヒールパンプスはむしろ危険だ。

江戸時代にもたいへん高いげたを履かされた女性がいた。吉原の花魁（おいらん）である。高い三本の歯がついた漆塗りのげたである。しかしわずかな道のりをゆっくりとパフォーマンスするためのものだった。働く女性は花魁ではない。毎日男性のために練り歩きをしているわけではないのだ。

そもそも江戸時代は、家に入れば履物は不要だった。げたは泥道や田んぼに対応するために生まれた。恐らくハイヒールも同じような理由で生まれたのだろう。現代の舗装された道や建物の中では不要なのである。女性が履くのは纏足（てんそく）と同じで、ある文化圏のある時代の美意識に私たちが染まっているからに過ぎない。女性をめぐる新しい美意識が必要だ。

私も着物で仕事をする前にスカートとハイヒールの時代があったが、間もなくやめた。草履の方がはるかに楽なのである。むろんハイヒールを履くのも自由だ。企業には、個々の能力は自分に合った生き方の中でこそ発揮できることを、知ってほしい。

（19・10・9）

多様な民族が集う日本へ

海外で暮らす卒業生たちが支え合えるよう、互いに知り合うきっかけをつくるために、毎年、海外の主要都市で会合を開く。今年はタイのバンコクに出かけた。

タイに行ったのは三回目である。前二回は北部チェンライから複数の少数民族の集落に入り、布を中心とする工芸生産の様子を見て回った。約二〇年も前のことである。タイ王族が少数民族のアヘン栽培をコーヒーや布や農業生産に転換させるドイトゥン・プロジェクトが、すでに始まっていた。タイは多くのマイノリティーが暮らす、多様性あふれる国なのである。

タイの大学の学長から、タイも少子化が始まっており、移民が不可欠だという話を伺った。しかし国籍すらもたないまま働いている人もいて、移民の子供たちが教育を受けられないでいることを懸念しておられた。

ひとごとではない。日本でも学齢期の外国人の子供約一二万四〇〇〇人のうち、約二万人が就学していない可能性があることが、文部科学省の全国調査でわかった。外国人は義務教育制度の対象外なのである。日本語の指導が必要な児童生徒も多く、中途退学率も一般の高校生の七・四倍だという。

江戸時代には義務教育制度がなく、手習いに行くか否かの判断は自由だったが、町でも村でも多くの子供たちが手習いに行って読み書きを習った。そうでなければ仕事ができないからである。江戸時代のイノベーションと生産性は、教育に支えられていたと言っても過言ではない。

新しい時代に対応できる国になるためには、多様な民族が集い、ともに日本語を使い、社会の仕組みや習慣を知り、仕事の現場で一定の役割を担う必要がある。イノベーションには多様性が必須で、外国人はその多様性を担うことになるからだ。まだ間に合う。外国人の子供や若者の教育支援を急ぎ、日本を差別なく働ける国にしなければならない。

（'19・10・16）

大学の魅力

江戸時代の私塾はそれぞれユニークだった。蘭学塾、国学の塾、商人たちの塾、そして儒学でも古文辞学の塾、陽明学の塾などさまざまだ。同じ基準でなかったのは、就職や出世に関係ないからである。まさに人間として物事を深く考えるための塾だったのである。松下村塾のような政治的主張をはっきり持った塾もあった。その門人からは高杉晋作、伊藤博文、山県有朋ら多くの志士が輩出した。

卒業生の集まりを開催するためにタイに行った際、協定校であるタマサート大学を訪問した。タマサート大学はプリーディー・パノムヨンという法学博士がつくった法学大学である。国会も憲法もない明治時代に人々の権利意識を支えるための法律学校から出発した法政大学と、同じ建学の経緯を持つのである。プリーディーは日本軍がタイに進駐したとき、日本に協力的だった政府に反対して抗日レジスタンス組織「自由タイ」をつくった。

この拠点もタマサート大学だったと言われている。「自由タイ」があったからこそ、戦後のタイは連合国側から責任を追及されるのを免れた。

その後、タマサート大学は軍事政権に抵抗する大学となり、国立大学にさせられる。それでもなお一九七〇年代に軍事独裁政権に抵抗する民主主義運動の中心となった。法政大学もまた現在まで、民主主義と人権を重要視する教授陣たちの大学であり続けている。

海外出張のたびに、デンマークのロスキレ大学や米国のニュースクール大学など、ユニークな大学を訪問してきた。数値的な競争の順位でしか語れない存在は、人間でも組織でも魅力がないものだ。江戸時代の塾が塾長の思想と魅力で人を引き付けたように、大学もその個性と姿勢が最も大事なのである。江戸から見ると、変化の激しい時代では、今ある社会を批評的に見て深く考えることのできる学校こそが、次の時代を切り開く人を育てている。

（'19・10・23）

仏壇から見える日本

バンコクを車で移動中、多くの人が手にマリーゴールドの花束を持っているのを見た。仕事帰りに寺に花を供えに行くのだという。寺の近くには花市場もあり、道路の両側にぎっしりと花屋が並ぶ。タイでは多くの人が出家の経験もする。日本人の卒業生の中にも、出家した人がいた。しかしそれは僧侶になることではなく、人生の一時期に僧の体験をすることなのだ。それだけ信仰が深い。

ふと気になって、通訳の人に「おたくに仏壇がありますか?」と質問した。あるという。三段になっていて、仏陀(ぶっだ)が上段にいて、その下段に眷属(けんぞく)が並んでいるのだという。亡くなった家族の写真は仏壇ではなく別のところに置き、さらにそれとは別に国王の写真も飾っているという。

日本の仏壇の中には何があるだろうか。私の家の仏壇には釈迦(しゃか)も眷属もいない。亡くなった家族の位牌と写真だけである。日本の仏壇は古代に、仏像仏画、舎利、経典などを安置するために作られたが、それは寺院の中にあるものだった。中世以降、武士団の惣領家が持仏堂や仏間を建てるようになり、その中に仏像を安置するための厨子を作った。この段階では、厨子は仏像を納める祠殿だったのだ。江戸時代になると檀家制度が始まった。そこから仏壇は様変わりする。各家に仏壇が入るようになったが、仏像に加えて過去帳、家系図、位牌などが安置されるようになったのである。やがて仏像は追い出され、位牌と写真だけになる、という仏壇も。母は仏壇に毎日新しい水を供えるが、釈迦にではなく夫と母親に供えている。

江戸時代では天皇も将軍も仏教を尊重していたが、明治政府による廃仏毀釈でそれも絶たれた。その後、天皇制国家を確立するために人々を「姓」を持つ「家」に編成し、コミュニティーの鎮守の杜を国家の神道に再編成した。そして、信仰心の基盤は廃れた。

（19・10・30）

山の手入れを怠ったツケ

台風一五号、一九号では大きな被害が出た。被災者の皆様には心よりお見舞い申し上げたい。私の家も東京都と神奈川県の境にある境川の支流に面していて、もし境川が氾濫したら浸水する可能性があり、その対策に大わらわだった。

江戸時代初期も洪水はよく起こった。その原因に気づいた幕府と諸藩は短期間に対策を講じた。それは山の木の伐採禁止令である。江戸時代の家屋は木でできている。燃料も木だ。切らないと生活は成り立たない。そこで出された禁止令は種類を特定した「停止(ちょうじ)木(ぼく)」や、山を特定した「留山(とめやま)」であった。その他、川筋の植林奨励や無理な農地開発の禁止なども出された。やがて禁止令だけではなく、切ったら植える植林がされるようになる。

台風一五号直後にお目にかかった環境の専門家は、その被害の一因は日本の木材が外国の木材より高値であることから伐採と山の手入れがされなくなったことだ、と判断していた。江戸時代は木が必需品だったので奥山に人が入って手入れし植林し、里山にも人が入って共有林にしていた。さらに洪水が起きても被害が出ないよう川の脇や海辺には建物を建てずに植林し、大きな川から横に流れる水路を造って水を逃がし田畑に利用した。むろんコンクリートで川底を固めるということはなかった。

日本の気候の変化は海水温の上昇によるもので、これは人間の経済活動の結果である。被害の一因は山の手入れを経済的な理由で怠ったことである。スウェーデンの環境活動家グレタ・トゥーンベリさんが経済的な理由で自分たちの世代を追い詰めていく大人たちに不信を持っているのはもっともなことなのだ。

日本の家を日本の木材で造り、燃料やエネルギーを木材由来にすれば山林で人が働けるようになり山はよみがえる。グレタさんの言葉に日本から耳を傾けよう。

（'19・11・6）

政治家の自己点検

大学や学部、研究科を創設する際、国は設置基準に照らし合わせて厳密な審査をおこなう。その後、大学は教育の質の向上を図る評価機関に対し、定期的に、質の基準に適合しているか否かの審査を申請する。機関では審査委員会を構成して法令の順守状況の確認や、各大学の理念・目的を実現する取り組み、その達成状況などを書類と実地で調査し結果を公表する。

さらに、法政大学には学内に自己点検の組織がある。学部や研究科、事務など組織ごとに毎年報告の義務があり、チェックもおこなわれる。その上で内部監査室と外部の四人の監事がおり、さらに外部監査機関が関わって、厳しくチェックできるようにしている。社会に責任のある教育研究の質は社会に対して常に報告されなければならないのだ。それでも医大の不公正入試など、一部のトップしか知らない習慣があると点検が効かないのだから、社会的責任のある組織や職業は十分なチェック機能を持っていなければならない。

江戸時代も、例えば出版界は同業者で「仲間」をつくり、仲間行事による仲間吟味があった。出版企画が上がると、法度に触れていないか、重板や類板ではないかなどのチェックをおこない、疑いがあれば許可の判を押さない。同業者は仕事を守るために、互いの質をチェックし合ったのだ。

議員という職業には、そういうチェック機能がないのだろうかと、二人の大臣の辞任でいぶかしく思った。ひとりは一〇年前から指摘されていたという。違法な行為を早めに誰かが発見すれば、その習慣をやめさせることができる。知っていても注意しなかったとなると、多くの議員が選挙区の人々への贈り物を習慣化しているからだろうか。政治家にこそ、自己点検の仕組みと自浄能力が必要だ。さらなる問題は議員からの贈り物を黙ってもらっていた有権者たちである。返却して注意を促すのが本当の支援者だろう。

（19・11・13）

贈り物

前回は「政治家の自己点検」の必要性を書いたのだが、私がいつも気になっているのは「贈り物」のことである。なぜ政治家は危険な贈り物をあえてするのか？　本当にメロンやイクラで票は買えるのだろうか？　もらうだけもらって票は入れていないかもしれないではないか。

江戸時代にも歳暮や中元、祝い事で贈り物はあった。とりわけ参宮の「みやげもの」は、お守りのようなありがたみがあったろう。しかしそれは、日常的には贈答がないからこそ、「ありがたい」ものだったのだ。珍しいものが手に入れば「到来もの」と言って近所に配ったが、それもそこに有るのがそもそも難しいものだから「有り難い」のだ。しかしものがあふれている今日のような消費社会では、贈り物は別の意味をもっているようだ。

贈り物が趣味であるかのようにいろいろ下さる方もおられる。出張先で大きなものや重いものを頂くと、誰かに差し上げて帰ることもある。「重いので送りますね」と言ってくださる方は珍しい。周囲に配ることすらできないものが大量に送られてきて、返却を余儀なくされたこともある。時々贈る相手のことは考えない贈り主がいるのだ。これは贈ることで権力を蓄えるポトラッチ（贈答競争）ではないか、と思うことさえある。

買い物が苦痛でしかない私は、ごくまれにしか贈り物をしない。しかしその際には、本当に大事なものを大事な時に、その価値観を共有してくださる方にのみ贈る。熟知している生産者の作った有機栽培のお茶、アジアや日本で織り手から直接入手した手織りの布などである。価値観を共有していなければ、貴重なものもただのごみとなる。クラウドファンディングや、すてきな人を社会に伝えることや、対話で深い人間関係を築くことなど、「もの」ではない贈り物の方が大切になっているのではないだろうか。

（'19・11・20）

人間と動物

江戸時代に「南総里見八犬伝」という物語があった。「敵の首をもってきたら娘をやる」という約束をしてしまったがために、娘の伏姫は飼い犬の八房と共に山に入り、八房の気を受けて胎内から出現した八つの玉が八人の剣士になる。同じころ、東北には「おしら様伝説」があった。ある娘が馬と恋に落ちたが、父親が馬を殺して皮をはいだ。その皮が娘を包んで飛び去り、やがて繭となって糸を吐き出したという、生糸の出現譚である。

異類婚姻譚というジャンルに分類されるこれらの物語は物語でしかないと思っていた。しかし今年度の開高健ノンフィクション賞を獲得した「聖なるズー」（集英社）を読んだとき、もしかしたら人間は昔から今日まで、身近に暮らす動物たちと分け隔てのないかかわりをもっていたのではないかと実感した。本書はドイツで取材した衝撃的なノンフィクションで、物議をかもすかもしれない。しかし私自身の衝撃は別のところにあった。「今までとても大事なことを見落としていた」という衝撃である。自分の中にある人間、動植物、自然界への「かかわり」が固定化し、関係の本質を見ようとしていなかった、という衝撃である。

「暴力はこのようなかかわりの中で乗り越えられるのではないか」というしみ入るような感動もあった。本書は最初、凄絶(せいぜつ)な暴力で始まる。著者自身が経験した長い期間にわたる家庭内暴力だ。著者はそれを乗り越えるために研究者としてドイツで過ごし、誰もおこなったことのない調査を実現する。そこで得た経験を著者は「パーソナリティ」という言葉で表している。パーソナリティは自分と相手との関係のなかで相互に働きかけ合いながら引き出される全く対等な関係のことで、著者はそこに暴力のない世界を見た。それは、人と人のあいだだけでなく、人と動物とのあいだにおいても、可能だったのである。

（'19・11・27）

曾我蕭白が現代アートになる日

一九八六年に刊行した「江戸の想像力」は江戸への関心を高めた要因のひとつだった。そのなかで曾我蕭白（そがしょうはく）を紹介している。上田秋成を論じている章で「日本古代が中国を通って再発見された」事例として、取り上げたのだった。

そこに「群仙図屏風」「寒山拾得図」「石橋図」の図版を入れた。後に伊藤若冲が有名になり蕭白は置いてきぼりにされた感があった。しかしつい先日、驚くべき状況で蕭白と出会ったのである。

鎌倉にある写真家、十文字美信氏のギャラリーだった。江戸絵画を三〇〇点以上集めているコレクターの加納節雄氏が自身の所蔵品を使って誰もやったことのないことをやった。これは見た方がいい、というお誘いを受けたのである。

行ってみると、蕭白の鷹（たか）図の一枚が十文字氏の、発掘されたローマ彫刻のような仁王像の「残闕（ざんけつ）」の写真と組み合わされている。細い枝に降り立った蕭白の鷹は、後ろを振り向いて仁王を凝視している。仁王は残った筋肉から強烈なエネルギーを発している。鷹は仁王にまっすぐ対峙（たいじ）してそのエネルギーを真っ向から受け、別の存在になっていた。

蕭白の「養蚕図」では、三人の古代中国の女性たちが桑の葉を蚕に与えている。その左右に十文字氏の壮大な滝の写真が合わされた。蚕が桑を食う音はまるで滝が落ちるような音だからだ。絵の空白部分に滝の音が聞こえ、滝の音はざわざわと蚕が葉を食いちぎる生命の音に変じていた。

蕭白の「一休」は、その前に立つと笑っているような、見通しているような強烈なまなざしと対峙する。そこに十文字氏の、溶解しつつある石仏の写真が取り合わされた。すると、一休は笑いながら己の溶解を受け入れ溶解を始める。

江戸絵画が現代の写真によって、現代アートに変身している現場を見てしまった。江戸絵画は現代アートとして再発見される可能性が大いにある。

（’19・12・4）

教育は個人消費か？

鉱物資源が豊富だった日本が、鉱物依存から抜け出して産業の勃興とそのための教育に力を注いだのが江戸時代だった。大陸への拡大と植民地化の野望を放棄して、教科書を出版するための活字の製作を始めたのは徳川家康だった。

諸藩が武士の子弟の教育に乗り出し生産品の流通も始まったことで、商人や農民にも子供に基本的な読み書き計算の能力をつけさせる「手習い」が必須となった。鉱物資源に頼れなくなった江戸時代から、日本にとって最も重要な政策は「教育」だったのである。

翻って現代は、経済協力開発機構（ＯＥＣＤ）諸国の中で国内総生産（ＧＤＰ）に占める教育費の割合はかなり低く、個人の支出に頼っている。二〇一六年の統計ではＧＤＰに占める初等教育から高等教育の公財政支出の割合は二・九％で三五カ国中最下位。高等教育への支出割合は三一％で、ＯＥＣＤ平均の半分以下である。

今の小学生にあたる江戸時代の手習いでは、生きるために必要な基本である読み書き能力と計算力をつけた。読み書きとは単語を覚えることだけでなく、手紙を読み書きするコミュニケーション能力である。手紙文による教科書を使った。義務教育制度はないので有料だったが、払えない場合は米や野菜で受け取る教師もいた。教師は授業料がなくとも生活できる人がなるものだった。教育は社会のために必要なものだからだ。

高等教育の私塾では「社会のための学問」という考えかたがもっと明瞭で、自分の就職や立身出世や金もうけには全くつながらなかった。人には「徳」が必要で、その判断力で仕事をし、幕府の政策を批判したり藩の方向を指導したりした。さて、現代では教育が消費と同じように個人の勝手とされているようで、そこに「身の丈」発言が出現する。教育への責任は政府や社会にはなく、自己責任だという考えであるなら、日本の凋落の始まりだろう。

（'19・12・11）

日韓連帯、文学フォーラム

つい先日、法政大学の国際日本学研究所主催で「日韓連帯文学フォーラム」というシンポジウムを開催した。昨今の日韓関係を懸念した教員たちが、文学研究や作家たちの交流を思い起こし、さらに深めることを目的に開催したのである。他大学からも韓国や東アジアの文化に関心ある研究者たちが集まった。江戸文学の研究者が多かった。東アジアの知識なしには研究できないからだ。

最初に参加者にあいさつをするのが私の役目であった。江戸時代の朝鮮通信使のことを語っているうちに、今年の終戦記念日に書いた総長メッセージを思い出した。日露戦争後の米国で差別を受けた在米日本人のことから始まり、今の日韓関係も戦争と支配に端を発していることを書いた。それと関連して、今年は、小池百合子東京都知事が断ったという、関東大震災朝鮮人犠牲者追悼式典へのメッセージを寄せたことも思い出した。二〇一六年に本学が出した「ダイバーシティ宣言」に基づき、大学には留学生の命と人権を守る責務があること、関東大震災時のような事件の原因となる日常の差別を決して許さず、差別と排斥を乗り越えていく大学をつくる、というメッセージを寄せたのである。

一〇年ほど前まで「マイノリティの文学」を講義し、そこで在日文学を取り上げた時の経験も思い出した。韓国の研究者の本を翻訳した「韓国の学術と文化」全三〇巻のシリーズの選書を担当したことも思い出した。

観光客は減ったが、江戸文学者たちのアジアへの関心は韓国の映画やドラマを含めてますます深まっている。韓国の人々の日本文化への関心は高いままである。日本の中高生のKポップ人気も少しも衰えてはいないという。この状況は、かつてとは格段の違いがある。日韓交流はこの三〇年で驚くほど活発になっているのだ。その交流の歴史を思い出すことが、まずは大切だろう。

（'19・12・18）

中村哲さんを悼む

銃撃で亡くなったペシャワール会の中村哲医師との対談がＮＨＫで放送されたのは二〇一〇年一一月一四日だった。「アフガニスタン永久支援のために——中村哲次世代へのプロジェクト」という番組でのこと。その年の一〇月ごろ、氏の帰国に合わせて福岡・柳川で収録した。それ以前から私はペシャワール会のメンバーであった。対談した理由は、アフガニスタンの荒れ地を農地にしたマルワリード用水路が、江戸時代の水利技術を用いて建設されたからである。

モデルは福岡県朝倉市の山田堰（ぜき）。現地では大型機器を導入しても、電気がなく機械の修理ができないなどの問題が起こる。しかし江戸時代の工法であれば、人の手で石を運び、蛇籠に詰めて岸に並べていくことができる。柳などの植樹は洪水も防ぐ。山田堰の方法で〇三年、自ら工事を指揮し、対談時には既に約二五キロの荒れ地に用水路を開き農地をよみがえらせていた。

以前から各地で井戸を掘っていらしたのは周知のとおり。医師として、水の大切さを熟知していた。自給自足の農地を中心に新しい村をつくり、彼らが兵士にも難民にもならずに自力で生きていくこと、自分がいなくなっても工法を受け継ぎ、彼ら自身で開墾していくことが、中村さんの夢であった。

一七世紀後半から一八世紀にかけて、各藩で新田開発がなされた。筑後川中流域では四つの堰が相次いで建設されている。袋野堰、大石長野堰、山田井堰、床島堰である。山田井堰の工事は一六六三年に始まり翌年に完成している。石張りの斜め堰である。流域では水田が広がり、幾度も変更や改修を繰り返して維持してきた。

江戸期の堰は各地の自然に従いながら制御していく方法で、川の流れの方向によって数々の工夫があった。中村さんはそれと同様、土地の生活と人々に寄り添って共に生きた方だった。心からご冥福を祈りたい。

（'19・12・25）

Ⅲ　余聞

江戸時代の出雲大社

藤井高尚（一七六四〜一八四〇）という人がいた。一八二八年二月二一日（現在の暦で一月七日）、長いあいだ切望していた旅に出る。出雲の国、杵築の宮への旅である。江戸時代、出雲大社は「杵築大社」という名前だった。正式に出雲大社という名称になるのは一八七二（明治五）年のことである。高尚は岡山にある吉備津神社の宮司であった。このとき満年齢で六四歳の身には、厳しい旅となった。

高尚は松の屋という書斎をもち、晩年までの弟子が二〇〇人とも三〇〇人ともいわれた国学者である。松の屋は吉備津神社にごく近い。高尚はここを出発して北へ向かう。現在は国道三一号線沿いにある金川を経て、今の国道五三号線に位置する道を北上すると、久米南町という町がある。高尚は弓削と書いているので、江戸時代はそう言ったのだろう。かなり雨が降っていたようだ。悪天候の中を弓削まで歩き、疲れ果てて次の日は遅くまで眠ってしまった。

再び歩き始める。こんどは「ゆけどもゆけどもはてしらぬ山路なり」というみちのりだった。山越えしてようやく久世（現在の真庭市）に泊まると、次の日はやっと晴れる。久世から勝山は旭川沿いを歩くことになる。川の音を聞きながら勝山に入る。北上してきたルートをそこで西に向く。さらに山が重なる。新庄川沿いに美甘(みかも)村、新庄と行くと、また山になる。雪が深い。新庄を過ぎると大山のある伯耆の国に入るのだ。

そこから現在の国道一八一号線沿いになるが、当時はここも山越えである。四十八曲がりと言われる道を下ると、坂井原に着き、そこで泊まる。次の日も厳しい旅路だった。溝口で休むと、やがて眼の前に日野川が現れる。この川を渡らないと出雲へは出られない。高尚は三〇〇メートルもあるかと思われる長く、しかも狭い板橋を渡る。川の流れは深く早い。「かかる道のそらにてなくやならんと思ひやすらひぬれど」――こんな旅の途中で死ぬのか、と「こころのさわぐをしひてしづめつつ」ようやく渡る。こうして米子まで到着する。ここからは大山を見ながら船で松江まで行く。船を下りると、松江城を見物する。宍道湖には小舟がたくさん見える。そしてまたもや橋をわたらねばならない。こんどは斐伊川だ。

いよいよ出雲である。大鳥居の「亀甲屋」に泊まる。知人の三原慶隆を呼ぶ。息子が高尚の家にいたことがあるのだ。出雲国造、千家、北嶋を訪問している。本居宣長を通じての知人である。

この寒い季節に高尚が出雲に行くことにしたのは、三月会の祭礼に参加するためだった。この祭礼で高尚は「かち弓」という行事を見る。ひとりが手に弓を持つ。そのあとをついてもうひとりが琴板を打ち鳴らしゆく。弓で的を射る。その後、千家国造の宮詣でがある。机を立てて多くの供物を運んでいる。高尚は斎服に紫の袴をつけ、用意した祝詞を読み上げ、捧げる。出雲大社は思ったより広大で、多くの檜皮屋、つまり檜皮葺きの社が見られた。

その後、日御碕神社に寄っている。和布刈（めかり）の神事を行う神社だ。浜辺に行くとワカメを干している。竹垣には魚を干していたという。

帰路につく。また雨にみまわれている。山路を歩いて一畑薬師寺に出る。葦原社にも行く。そして、大野の西光寺の先の庵に泊まる。船で松江に行こうとするが風が強いので磯づたいの道を行く。海に差し出た岬のかづらにとりすがりながら行くとあるが、これは宍道湖のことだろう。ようやく松江に着くと、そこからは船で米子へ行ける。旅はこれで終わりではなかった、なんと高尚は雪靴をはき、酒を飲んで勢いをつけて大山にのぼるのである。その後、来た道をまた苦労しながら帰って行く。

この記録は「出雲路日記」と言い、一八二九年に刊行されている。この記録でわかるのは、まず、出雲に行くのはなかなか大変な旅程であったということだ。その点は伊勢神宮と比較にならない。出雲大社信仰は関西方面に広がっていたはずだが、大坂、京都、岡山、広島などから行くとなると、高尚が体験したように幾度もの山越えと危険な橋渡りが待っていた。伊勢参りの混雑と異なったのは、このような地理的な条件があったに違いない。

そもそも古代に杵築神社ができたときは、それは辺境の地であったという。「出雲国」という一地方の神社に過ぎなかったからである。出雲国国造は、出雲国にはいなかった。出雲大社から見て東、宍道湖の南に拡がる「意宇国」にいたのである。氏の名も「意宇」であったという。この地方には「意宇国」「狭田国」「闇見国」「大原国」「神門国」などの小国家があり、「出雲国」もそのひとつだった。この出雲国の地元の神社であった杵築神社より、意宇国の熊野神社の方が上位に位置していたのである。これを、伊勢神宮における内宮外宮の関係に例える人もいる。しかし平安時代中期以降、国造の西遷が起こり、国造は出雲国にいることになるとともに、この地域の全体が出雲国になる。出雲大社の不便さは、ここがもともと、小さな共同体の神社であったことに由来する。

この日記からうかがわれるもうひとつのことは、国学者や宮司にとって特別な神社であったということだ。出雲大社は江戸時代になって幕府の勧進を受けるようになり、事実上の保護の対象となった。はっきり言えば、出雲大社は江戸時代にようやく人に知られるようになり、存在の価値を社会的に認定されたのである。それはいったいどうしてか。

神社は古来、「神戸（かんべ）」という所領を持つ。これは古代律令制の時代に神社に与えられた民戸で、その税や労役はすべて神社に奉納された。それがやがて荘園になる。中世では出雲大社の荘園が増えてゆき、大社領十二郷と言われ、七つの浦も支配していた。

そのまま豊かさを保っていたなら、出雲大社は全国に知られることはなかったろう。しかし大きな変化が起きた。一五九一年、秀吉は朝鮮侵略の軍資金を集めるため、寺社の荘園にまで手を伸ばした。強制執行により、大社領十二郷七浦は、五郷二浦にまで削減されたのである。財政破綻に直面して、五、六人をともなった神主による御師グループが形成された。江戸から西の二七、八箇所に及ぶ壇場（布教地）を持つに至る。札を配り、祈禱をおこない、講和をして信者を増やし、参拝ツアーを結成して導く。伊勢神宮の御師は有名であるが、出雲もそのあいまを縫って営業努力を欠かさなかった。一五世紀には出雲大社の職員は八一名だったが、一八三三年には三九一人になっている。支配地の収入が少なくなったにもかかわらず、御師の活躍によって江戸時代に信者や参拝者が格段と増えていったことがわかる。御師の活躍の範囲は、九州、四国、中国はもちろんのこと、紀伊、近江、摂津、尾張、三河、美濃、信濃、駿河、遠江、江戸に及んでいた。富山の薬売りが大社と組んで札を配布していた事例もあるという。松江藩の売薬許可と取り引きしたのである。その他の様々な旅商人や歩き巫女たちとの取り引きもあったであろう。

神社はもともと土地の守り神である。全国に知られる必要もなければ全国に信者がいる必要もない。しかし江戸時代は、その「必要がない」はずの神社信仰の争奪戦が繰り広げられた。いわば信仰の市場化が起こったのである。この背景には、寺社の荘園喪失とともに、海運と街道の画期的な発展がある。

まず海運である。近世初期までは、北国各地から上方に送る物資は敦賀または小浜で陸揚げし、陸路と琵琶湖上を大津に運び、陸運で京都方面に送った。これを不便として、一六三八年、鳥取藩が米一万五〇〇〇石を廻漕するようになった。一六七二年になると、河村瑞賢による海運の改革がおこなわれた。こちらのきっかけは出羽国の幕領米を運ぶために西廻り航路を開拓したことにある。今のようにまず大規模開発が企画されるのではなく、それぞれの地域が必要に迫られておこなう改革が点となり、その複数の点がネットワークされて大きな改革となるのである。西廻り航路の寄港地は酒田、佐渡の小木、能登の福浦、但馬の柴山、石見の温泉津、長門の下関、大坂、紀伊の大島、伊勢の方座、志摩の安乗、伊豆の下田である。この航路はやがて蝦夷地まで延び、東廻り航路もできる。

島根の寄港地が石見の温泉津であるのは、もともとここが石見銀山から出る銀の積み出し港だからである。石見銀山は一五二六年に博多の商人、神谷寿禎によって採掘が開始され、朝鮮の灰吹き法による精錬に成功して輸出銀となり、その後、その他の銀山開発もおこなわれた結果、一七世紀初頭には日本銀は世界の銀生産量の三〇～四〇％を供給していたのである。そのままその地位を保っていれば、日本に江戸時代は生まれなかったろう。

日本銀は世界のトップだったが、一五六〇年以降徐々に南米の銀が太平洋を越えてアジアに流れ込むようになった。地球が一体となる、最初の「グローバリゼーション」がやってきたのである。南米では年間約四五万キログラムの銀が産出され、そのうち約二〇万キログラムがマニラ市場に入ってくるようになった。マニラを支配しているのはスペイン人である。スペイン人の取引相手は中国だった。

日中貿易は世界でも有数の大きさだった。しかしアメリカ発見とそれに次ぐアジア市場の変化は、日本の購買力を相対的に低くしてゆく。いわば世界競争力の喪失である。これに対応しようとした秀吉の朝鮮侵略（意図としては中国、アジア全域の植民地化）は失敗し、国内には多くの経済的疲弊が残される。が、国内の鉱物資源の採掘はなくなったわけではない。石見銀山は江戸時代になると大久保長安を迎えて銅の採掘もおこなうようになり、一九二三年に閉山するまで鉱山経営は続いていた。

温泉津はそのような世界的な意味をもつ港としての機能を果たしていたが、石見国は出雲国とは異なる国であり、銀山経営は直接参詣にかかわるわけではない。出雲に近い港はむしろ美保関だったろう。正式な寄港地ではないものの、船はあちこちに寄りながら物資を集め、降ろす。または、小舟が千石船とのあいだを行き来する。温泉津があったからこそ、西廻り航路が開かれてから美保関には船宿が次々にでき、この地の鉄、木綿、米を出す港となっていった。

一方、陸路で重要なのは山陰道だった。京都から入る場合、亀岡、福知山、和田山宿、八鹿宿、村岡宿を通り、鳥取に入って青屋宿（青谷）、泊宿、橋津宿、長瀬宿、由良宿、八橋宿、赤崎宿、下市宿、御来屋宿、淀江宿を経て米子に入る。島根では安来を経て松江を通り、出雲の今市宿に至る。この道は松江藩が参勤交代で江戸と往復する時のルートでもあった。

城下町の建設と参勤交代によって、日本の姿は大きく変わった。武士は農村におらず、城下町に集住し、江戸に行き来するのである。松江城は堀尾吉晴が一六〇七年から築城にかかり、翌年完成している。中心地に役所や重臣の屋敷が立ち、そのまわりに侍屋敷町、さらにそのまわりに徒（かち）以下の住まいや足軽居住地区、京橋川の南に商工業者の町、さらにその周囲に茶町、苧（お）町、紙屋町などの問屋街。職人町は灯心町、八百屋町、魚町、漁師町、綿屋町、鍛冶町、桶屋町、材木町を形成し、約三〇の寺があり、一七六一年ごろは二万八五六四人の人口があった。そのうち、武家が半分以上を占めている。これは江戸に酷似した構成だった。そのためか、武家の教養の主たるものだった茶の湯が盛んで、そのことは江戸にも良く知られていた。江戸時代の出雲は松江によってポピュラーになったと言っていいだろう。

「出雲路日記」では厳しい旅程が書かれていたが、京都からはそれほどでもなく、幕末には「出雲大社参詣道中絵図」が出され、明治になっても「出雲大社参詣道中独案内」が出されている。これらには安芸の宮島、讃岐の金比羅、美保関の美保神社、一畑薬師なども書かれ、参詣者が出雲大社だけではなく、これらにも参詣したことがわかる。浮世絵では「八百万の神々が集まる場所」というイメージが定着し、続いて「縁結びの神」というブランドも広まって行った。

しかし、出雲大社が江戸時代に知られるようになってきたのは、御師のツアーや交通網の発達だけが理由ではない。そこには江戸時代でなければあり得なかった神社信仰の拡大という思想的側面があったのである。

「素戔嗚尊者可以治天下也。スベテ乱ヲ平グルハ武家ノスルコトゾ。天下ハ天上ノコトヲシラセラルルゾ。今ノナリガソノ様ノナリゾ。今ノ武家ハ素戔嗚尊ノナリゾ」「天照大神ハモトヨリ天上ヲシラセラルル、天上トサストコロガアルゾ。伝ヲ得レバシレルゾ。素戔嗚尊ハ、ソレデ出雲国ニ御座ナサレタゾ」——要約すれば、今の武家は、神話世界で言えばスサノオ（素戔嗚尊）の機能を果たしている。アマテラスは天上を支配しているが、スサノオは出雲に位置した、と言っているのである。これは山崎闇斎の講義録「神代巻講義」の一部だ。

山崎闇斎は朱子学者である。江戸時代は朱子学の時代だが、同時に国学が出現した時代でもある。古代から中世にかけて、日本の仏教諸派は神仏を混淆した本地垂迹の方法を使いながら仏教を広め、神社の関係者は仏教の枠組みを使って中世神道を作って来た。それに対して江戸時代は儒家神道の時代である。朱子学者は神道に全く関わらない者から、深く関わる者までさまざまいたが、神道との融合をはかる者たちの理論は次のようなものであった。

まず、天の理と人の理は一貫し関連している。日本の神には無形の神と有形の神がいる。イザナギ、イザナミからこの世の生命の全てを生む有形の神となった。これは天と人とが合一している状態で、朱子学の天人合一の現れである。合一した状態で生きて行く人間は祈禱によって神に近づく。神の加護を受ける人間は正直で「つつしみ」と「敬」の姿勢を持っていなければならない。

このように、存在の様態と倫理とが関連した論理を儒家神道家は作り上げた。「正直」「つつしみ」「敬」は山崎闇斎の垂加神道の考えであるが、なかでも「正直」は「直し」という言葉で、ほとんどの国学者が人間観の中心としたものである。なお引用に見たように、理論的な合一をはかるだけでなく、儒家神道は天皇家と武家の構図をも神話で解釈した。

出雲大社はこの儒家神道の影響を強く受けた。江戸時代に入ると、境内の構図まで急激に変化する。一六〇九年に出雲大社は豊臣秀頼によって仮殿式遷宮をおこなっているが、このときは境内の中に神宮寺や大日堂や一切経堂や三重塔や本願屋敷（寺や塔や仏像などを造り法会をおこなう施主の屋敷）がある。神社と寺が一緒にあるのは日本の神社のごく一般的な形だ。しかし雲行きが変わってきたのが一六六一年頃だった。幕府から大社の造営許可が下りた。六二年には幕府からの造営料拠出が決定する。その年、幕府は大社から本願を追放し、ここに出雲大社の本願制度が消滅したのである。

追放のきっかけは本願自身による、松江藩主と二人の国造（千家、北嶋）を寺社奉行に訴えた事件であった。本願は将軍から大社建立の文書を預かっている、にもかかわらず両国造は難題をふっかけた、という訴訟だった。難題というのは、大日堂などの仏教の建物が邪魔だとする、建立に際する意見書だった。本願はそれを訴えたのだったが、かえって追放されてしまったのである。この背後には、もはや本地垂迹の時代ではなく、儒家神道の時代となったことが反映されているだろう。

一六六七年、正殿式遷宮が実行されるまでの間、本願屋敷その他は解体され、大日堂の本尊を松林寺という外の寺に移して大日堂、三重塔、一切経堂が破却された。

全国的な廃仏毀釈は一八六八年、明治になったばかりの時に、明治政府の中に神祇事務局が設置されて暴力的におこなわれた。太政官によって祭政一致・神祇官再興が布告され、天皇による誓祭、神仏判然令、キリシタン逮捕と流刑、軍神祭が実施され、京都に招魂社（靖国神社の前身）が新設された。ここに天皇軍側の戦没者が合祀されたのである。一八六九年、天皇は東京遷都にあたって伊勢神宮に参拝した。天皇家の宗教はそもそも仏教である。天皇による伊勢神宮参拝は持統天皇以来のことだった。そして一八七〇年、廃仏毀釈がおこなわれ、さまざまな民間宗教が弾圧された。そのことを考えると、出雲大社における神仏分離は異常に早い。しかし明治の廃仏毀釈は近代化を急ぐあまりの激しく排他的な行動であり、そのモデルは欧米のキリスト教国にある。江戸時代の神仏分離は「廃」でも「毀」でもなく、まさに分離政策であった。仏教寺院はこの後も、江戸幕府によって、戸籍の管理者として保護され続けたのである。

ところで幕府は一六六七年の正殿式遷宮の前、全国の神社に「神社条目」を出している。幕府による宗教統制で、吉田神道の吉田家を中心に据え、その許諾によって全国の社寺を統制しようとするものだった。林羅山、山崎闇斎、吉田神道はすべて朱子学下の神道である。出雲大社はこの神社条目に対し、古来よりの風習を踏襲する主張をおこない、同時に由緒書きを寺社奉行に提出して承認を受けている。雅楽の再興もおこなっている。こうして様々な事が進む中、一六六七年の正殿式遷宮は実行されたのだった。

しかし出雲大社はこれで安泰ではなかった。一六九三年、佐陀神社が出雲国造支配から独立する、という事件が起こる。これがなぜ事件かというと、幕府が吉田神道によって全国を管理しようとすることと、出雲国造による出雲の神社全体の管理とが、正面からぶつかった出来事だからである。結局、一六九七年に佐陀神社が秋鹿郡、島根郡、楯縫郡と意宇半郡の神社を引き連れて独立する。出雲大社は儒家神道の勢いによって力をもつようになったが、同時に幕藩体制の寺社管理によって牽制されたのである。

遷宮から五八年経った一七二五年、出雲大社は造営費用の調達のために、全国に寄付を求めてまわる「日本勧化」を開始する。一六六七年の正殿式遷宮のころのような余裕がもはや幕府にはなく、造営費の寄付を望めなかったのである。大社の神官たちは、江戸の大名屋敷、旗本衆の家はもちろんのこと、町人やお百姓たちへの勧進も展開した。町では町役人の協力を得、村では庄屋の力を頼った。江戸、京都、大坂、長崎、奈良、堺だけでなく、東国筋へも出かけて行った。御師は相変わらず動いているはずで、この時期は御師によるツアーの構成に、寄付集めの勧進が加わったのである。勧化帳には、寺社奉行の印鑑を付した「御縁起」をつけて全国に配布した。さらに祈禱をおこない、お祓い玉串を授与した。

この「御縁起」は、まずその名称を杵築大社ではなく、「出雲の国大社（おおやしろ）」としている。祀っているのは素戔嗚尊（スサノオ）ではなく、天照の孫である大己貴命（オオナムチ）である。そもそも素戔嗚尊は八岐の大蛇（やまたのおろち）を退治して稲田姫と夫婦になった。そこで素戔嗚尊は和歌の祖神であり、夫婦縁結びの神である。この二人の間に生まれたのが大己貴命で、その神は日本国中を統一し、太平の世を実現した。大己貴命は大国主とも言い、薬と医術ももたらした日本医術の祖神でもある。出雲大社を造ったのは天照である。そして天照は自分の第二子の天穂日命（アマノホヒノミコト）に大社を管理させることにした（この子孫が出雲国造ということになっている）。毎年七〇以上の祭祀がおこなわれ、なかでも一〇月には日本の八百万の神が集まる。この期間は人々が皆、音曲歌舞を慎む。そしてこの期間に、海中から錦色の龍蛇が浜に着く。したがって出雲大社は「天下安穏・国土長久」を祈禱する神社である。造営後すでに六〇年になろうとしているので、ぜひ修理をしたい。志しあれば（つまり寄付すれば）、子々孫々に至るまで冥加（加護）があるであろう、と結ぶ。この縁起の中に、今の時代に続く「縁結び」「神々の集い」「六〇年遷宮」がある。この日本勧化こそが、出雲大社を全国に知らしめた契機に違いない。「神々の集い」は謡曲「大社」にあり、「縁結び」は一六九二年刊の井原西鶴の「世間胸算用」に「出雲は仲人の神」とあるので、出雲イメージはその前から庶民のあいだにあったと思われるが、日本勧化はそれを決定的、全国的にしたのだった。

垂加神道とともに、朱子学を基礎としない国学が日本国中に影響を及ぼすようになったのも、江戸時代の特徴である。とりわけ本居宣長の出現が大きかった。千家は代々、垂加神道の学者や宣長門下の学者に弟子入りするようになり、中でも宣長門下の千家俊信は一八〇六年に「訂正出雲風土記」を刊行する。これによって、それまではほとんど読まれなかった「出雲風土記」が広く読まれるようになった。この書は出雲神道を確立しようとする意志に支えられた書で、明治時代まで版を重ねたのである。

一八五六年には、「訂正出雲風土記」を基礎に、平田篤胤などの影響も受けた「出雲風土記仮字書」が、北嶋家の上官である富永芳久によって刊行される。一般の人々が読めるように仮名で書かれたもので、松江藩もこの刊行に助成をおこなった。このころには、先述したような出雲大社の浮世絵が刊行されている。そのテーマはやはり、「八百万の神々が集まる神社」と「縁結びの神」だった。出雲大社に人々の参詣が盛んになるのは、これらが出そろう幕末である。

このように出雲大社の歴史を知ることで、日本人が近代の国家神道以前に、仏教や儒教を媒介にしていかに神社信仰を継承してきたか、がわかってくる。しかしその継承は自然に起こったことではなく、熾烈な競争と戦略によって実行されたのだ。そのことは、外国の思想や文化を大幅に取り入れながら、神々の世界および日本語（国学者は言語学者であった）を生き延びさせる戦略だった。その意志は、それまでの歴史のなかではもっとも大規模に中国思想とヨーロッパ文化を取り入れた江戸時代にこそ、起こった。即ち「危機感」である。

それと同時に、江戸時代は神社どうしが互いに競争を繰り広げる信仰の市場化の時代でもあった。もはや国の保護を受けることができない宗教組織が、自らの市場努力によって新しい展開をしたのである。それが結果的に、地域信仰の全国化という現象をもたらした。このことが明治以降の国家神道につながる。本来は地域の山と森を守るはずの神々が、日本を戦争に駆り立てる神々に変身する。神道はこのように、国家によって利用された。

私たちは神社をどう考えればよいのか。必要なのは「御縁起」を信じることではなく、歴史を知ることである。なぜこの神社がここにあるのかを、神社縁起は都合良く説明してくれるが、それが歴史とほとんど関係無いのはもちろんである。しかしいったん歴史に入れば、そこには日本人が何を求めていたか、どのような生き残り作戦が展開されたか、それぞれの時代の政府とのいかなるかけひきがあったか、どのような営業努力が存在したか、そして存在理由を説明する「物語」はどのように創造されるものかなど、あらゆる側面のドラマに満ちている。神社を歴史として見る時代に、ようやく入ったのだ。

信用ということ

大和の国・奈良は、江戸時代に奈良晒の産出地として知られていた。カラムシ（麻の一種。苧麻、青苧ともいう）の織物の流通が盛んになった室町時代以降、京都の白布座、奈良南市の布座、天王寺今宮の布座などの市が立ったのである。原料のカラムシは越後の名産で、まず商人がカラムシを越後から仕入れる。それを京都、奈良、天王寺で織らせる。この段階では、これらの織物は茶褐色で、染めたとしても美しい色が出ない。そこで、奈良で晒して漂白する。奈良は当時、その晒の技術で突出していたようだ。

晒しの方法だが、まず湯に灰を加え、織り上げたカラムシの布を煮る。次に木臼に入れて布を搗く。その後、清水で洗う。それを砂場か原の上で晒す。以上を、白くなるまで何回も繰り返す。丹念な、努力を要する仕事だ。奈良でその技術が突出していた理由はわからないが、細心の注意と努力を傾けた働き方ゆえだったのだろう。

井原西鶴「世間胸算用」に「奈良の庭竈（にわかまど）」という作品がある。この中に、江戸時代の奈良晒がいかに奈良の経済に大きな役割を果たし、利益をもたらしていたかが、描かれている。

「商売のさらし布は、年中京都の呉服屋にかけうりて、代銀は毎年大ぐれに取あつめて、京を大晦日の夜半から、我先に仕舞次第に、たいまつとぼしつれて、南都に入こむさらしの銀、何千貫目といふ限りもなし。すでに奈良へ帰れば、皆みな夜あけになれば、金銀くらにうちこみ置き、正月五日より、たがひにとりやりのさし引する事、例年なり。」

得意先は京都の呉服屋であった、と書かれている。しかし実際にはそれだけでなく、染物屋にも売ったようだ。決算は大晦日におこなう。夜半に集め、たいまつをともしながら夜通し金銀を奈良に運び込んだ。その額を「銀、何千貫目といふ限りもなし」「金銀くらにうちこみ置き」と表現する。そして正月五日に、新年の奈良晒の市が立つ。晒し布を売買する問屋が奈良には多くあった。公儀御用の古い問屋だけで二四軒もあったといわれる。

しかし疑問がひとつある。江戸時代ではすでにカラムシの衣類が廃れ始めていて、むしろ木綿問屋が急成長していた。広義の麻布は、江戸時代初期までの日本人の日常着の材料であり、大量に生産されていた。しかし一五世紀ごろから木綿が国産化され、一六世紀には奈良でも生産されていたのだ。奈良興福寺多聞院の僧侶、英俊はじめ三代に渡って書き継がれた「多聞院日記」（一四七八〜一六一八年）の一五七一（元亀元）年の記録には、大和の綿作についての記述がある。一五九一（天正一八）年の記録には、大和横田荘が地子（年貢）として木綿種子をとっていることが書かれている。また別の記録では一五九五（文禄三）年から一六〇二（慶長七）年の検地帳で、一一一人中四一人が木綿を作付けしていることが分かるという。そして一六四五（寛永二一）年刊の「毛吹草」には、大和郡山の繰綿（綿花から種を除去した段階のもの）が名産品であると書かれているのである。木綿産業は江戸時代初期には全国で展開し、次第に河内や畿内に絞られてくるので、大和のみがおこなっていたわけではない。しかし、早い時期からの産地であったことは確かだ。

推測するに、江戸時代の奈良では、木綿産業も勃興してはいたが、定評のあるカラムシ布の晒しが継続しておこなわれており、その需要は中世のような衣類一般から、夏の衣料、武家の裃、蚊帳、綱、畳、筆結など限定的な商品に移っていたと思われる。夏の衣料や武士の裃は染めるので、白くなくてはならない。奈良晒は恐らく、近世においてもその技術を独占していた。

しかし、江戸時代のあいだずっと、奈良晒や大和の木綿が産業として盛んであったわけではない。永原慶二著「苧麻・絹・木綿の社会史」（吉川弘文館）によると、一七世紀に発展を遂げた畿内の綿業は、一八世紀には新興綿産地に圧倒されて衰退したという。永原は「畿内のうちでも大和の衰退が目立っている」と述べている。それは木綿が商品生産としての性格を高度化させ、その結果、経営格差が現れたためだ、としている。つまり今の言葉で言えば「差別化できなかった」という意味だ。

確かに西鶴がその作品において語った語り口、つまり編集方法から見ると、奈良は技術的な意味で先端を走っている時期があったにもかかわらず、やがて衰退したことは、江戸時代の人々の共通認識だったのかも知れない。そしてその原因は、ひとつは従来のような「努力」を怠ったことであり、もうひとつは意欲を失ったことによる、あるいはコストを下げて大きな利益を得ようとする意図的な、粗悪品の製造だったのではないだろうか。江戸時代は、大量に流通する紙や布の世界で、技術的な競争が全国的に展開した。しかしその技術は決して秘されているわけではなく、農書にも書かれ、実際に見聞きすることもできた。危機感、探究心、研究心があれば、次の段階に行くことは可能だった。だからこそ、産業の中心地が幾度も変わったのである。

まず「努力を怠るようになった」という共通認識を、推測させる作品がある。「日本永代蔵」の「大豆一粒(まめいちりゅう)の光り堂」である。舞台は奈良だ。農民の九助は、若い頃からさまざまな農具の発明をし、綿作の時代になると、繰綿を打つ「唐弓」を発明する。綿花から種をとった綿を集めると大きな塊になるが、それでは繊維が堅く絡み合って、糸を引けない。そこで、綿をほぐすために中国では、弓の弦に綿をからませ、ビンビンと強く飛ばして綿花をほぐしたのである。実際に日本ではそれを誰が取り入れて使い始めたのか、分かっていない。しかしこの作品では、九助が導入し、綿花用の唐弓を生産したことになっている。九助はそれだけでなく、麦こき機などいくつもの発明をしたことにしてある。

実際、鍬などの農具、牛や馬にとりつけて田を耕す道具、水路で水を送る道具、束ごと茎から実を落とすことのできる稲こきや麦こきの道具、玄米の皮を風圧でいっきに取る唐箕など、農業を効率化するさまざまな発明が江戸時代におこなわれた。農業技術の革命時代だったのである。生産量は上がり、年貢を支払っても余剰分を売ることができるようになり、借金をして新たな開発をすることもあった。そして航路の開発によって全国に拡がった流通にのせて、農業生産物が全国を動き回るようになった。この農業生産物とは米だけではない。酒、紙、布、藍や紅花などの染料、生薬、材木、鉱物、海産物などを含む。このような時代での新発明は大きな利益を生む。九助は大金持ちになった。

しかしこの話には後日譚がある。努力家である九助には息子がいた。その息子九之助は努力どころか遊郭で遊び狂って、ついには財産をつぶしてしまうのである。西鶴の話はもちろん成功譚ばかりではない。「日本永代蔵」は「大福新長者教」という副題がついており、教訓譚でもあった。長者になる人々には強い自己規律があり、日々の努力があった。それだけでなく、人が気づかないことに気づき、それを仕事にする。新しい発明や発見をしてそれを仕事につなげる。金を無駄なことに使わず、新しい仕事に投資する、などである。遊びほうけたり無駄遣いをする人間は失敗する。しかしそれらのなかでもっとも重要とされることがあった。それは人をだまさないこと、人から信用されることであった。産業や商業の衰退の大きな理由として西鶴は「信用を失う」ことを挙げていたのである。これは当時の経営者たちの共通認識であろう。

なぜ「大豆一粒の光り堂」は、息子の事まで書いたのだろうか？　教訓ものとしては、努力家と遊び人を対照的に描き、努力して信用を得なければ人は多くのものを失う、ということを伝えたかったのだと言えるだろう。しかしそれだけではなく、もしかしたらこの両方の面を、奈良は持っていたのかも知れない。

冒頭、奈良晒のことが書かれているという理由で紹介した井原西鶴「世間胸算用」の「奈良の庭竈」に従って、さらに考えてみよう。

「世間胸算用」は大晦日の出来事を集めた短編集である。舞台は日本全国に渡っていて、それぞれの土地の大晦日から正月にかけての独特の行事を描いている。この篇は奈良の大と「庭竈」の「奈良の庭竈」である題名の篇。い深味興ていいて書を事行月正、事行日晦は、年神を迎える大晦日の風習で、庭に囲炉裏を構え、むしろを敷き、むしろで囲ってその中に人々が集まり、茶を点てたり酒を飲んだり餅を食べたりして楽しむ習慣である。京都・大坂にもあったが早く失われ、奈良には残った。

「大どしの夜の有さまも、京大坂よりは各別しづかにして、ようづの買がゝりも、有ほどは随分すまし、『此節季にはならぬ』とことはりいへば、掛とり聞とゞけて、二たび來る事なく、さし引四ッ切に奈良中が仕舞て、はや正月の心、いゐいゐに庭いろりとて、釜かけて、焼火して、庭に敷ものして、その家内、旦那も下人もひとつに楽居して、不断の居間は明置て、所ならはしとて、輪に入たる丸餅を庭火にて焼喰も、いやしからずふくさなり。」

大晦日の奈良は、こんなに穏やかで面白かったのか、と驚く。京都や大坂よりずいぶん静かで、なぜかと言えば、掛け取り（集金）が早くに終わってしまうからだった。残ったとしても、「今年の暮れは無理」と言えば借金取は引きさがったので、夜の八時ごろには何もかも終わって、もう正月気分だったという。

そこで庭竈が登場する。庭に囲炉裏を作り、釜をかけて火をしかけ、周りに敷物を敷いて、家の者たちが家族から使用人まで皆集まって、庭で丸餅を焼いて食べる。西鶴はその情景を「いやしからずふくさなり」と書く。「とても豊かだ」という意味である。経済力にではなく、こういう時間に豊かさを感じるのが奈良の人々であり、大坂人である西鶴もまた、その感性を共有したのである。

「世間胸算用」は大晦日の物語集だ。この篇が載っている巻四は、京都、奈良、大坂、長崎の順で物語が編まれている。その中にこの話がある。つまり、「庭竃と言えば奈良」というイメージが、定着していたのだろう。しかしそれだけではない。西鶴はさらに、奈良の大晦日を書き継ぐ。

「さてまた、都の外の宿の者といふ男ども、大乗院御門跡の家来因幡といへる人の許にて、例にまかせて祝ひはじめ、『富とみ、富とみ』といひて町中をかけ廻れば、家ごとに餅に銭そへてとらせける。是を思ふに、大坂などにて厄はらひに同じ。」

大晦日や正月の「厄払い」は、どの地方にもあった。多くの場合、大道芸人や被差別民が担っていた。「都の外の宿の者」とは、そういう被差別の芸能民たちのことである。彼らがやってきて「富とみ」と言って駆け回ったという。家ごとに餅と金を渡したとあるから、門づけをしたのであろう。だとすると、なんらかの芸能もともなっていたに違いない。

「漸よう夜も明がたの元日に、『たはらむかへ、たはらむかへ』と売けるは、板にをしたる大こくどのなり。二日の明ぼのに、『恵比寿むかへ』と売ける。三日の明がたに、『びしやもんむかへ』とうりける。毎朝三日が間、福の神をうるぞかし。」

さらに、元日明け方近くなると、魔除け、厄払いとして、紙に大黒の姿を板木刷りした「俵迎え」売りがやってくる。正月二日になると、今度は恵比寿さんの姿を刷った「恵比寿迎え」が奈良を歩き回り、三日になると毘沙門天の姿を刷った「毘沙門迎え」が現れる。

「さて元日の礼儀、世間の事はさし置て、先春日大明神へ参詣いたすに、一家一門、すゑずゑの親類までも引つれて、ざざめきける。此とき、一門のひろきほど、外聞に見えける。何国にても、富貴人こそうらやましけれ。」

春日神社への初詣は、もっとも奈良らしい正月のありようだ。ここでは豊かさを、一家一門が連れ立って初詣に出かけることで表に現れる、としている。経済力に関係ないように思えるが、単に出かけるだけでなく、大勢の家族がみな華やかな晴れ着を着て、共の者に豪華な蒔絵の弁当箱を持たせて、いわば行列のように目立っている情景を言っているのだ。意図的な富貴の「見栄」であり、見栄を張り、見得を切ることが日常的な振る舞いではなく、祝うことと密接な関係があったことをうかがわせる。祝う（斎う）ことは神の守護を得ることであり、祭と同意であった。

実に興味深い内容で、奈良の年末、正月が目に浮かぶようだ。しかしここで話題にしたいのは、そのことではない。この物語のテーマは別のところにあったのだ。

主人公は奈良に通って商売をしている魚屋である。江戸時代の魚屋は、店頭で売るのは干物である。なま物は天秤棒をかついで、腐らないうちに急いで売る。この話の魚屋はさらに効率的に売りさばくために、奈良では一種類に絞り込んだ。それが蛸であった。二四〜二五年ものあいだ奈良で蛸を売っていたので、「蛸売りの八助」と呼ばれるようになり、知らない人はいないないほどになった。

この八助、自分の母親から頼まれた買い物であっても手間賃を取り、念仏講仲間から、経帷子用の奈良晒の布を頼まれると、その手間賃も商売にしてしまうぐらい計算高かった。その八助は、ある「効率的な」商売の方法を思いついた。

「鮹の足は日本国が八本に極まりたるものを、一本づゝ切て足七本にしてうれども、誰か是に氣のつかぬ事にて売ける。其あしばかりを、松ばらの煮うり屋にさだまつて買もの有。さりとはおそろしの人ごゝろぞかし。」

蛸の八本の足を七本にして、切った分を煮売りやに売っていたのである。ほとんどの人が気づかなかったので、とうとう六本にして売り始めた。これにはさすがに、気づく人が出てきたのだった。

「過つる年のくれに、あし二本づつ切て、六本にして、いそがしまぎれに売けるに、これもせんさくする人なく、売て通りけるに、手貝の町の中ほどに、表にひし垣したる内より呼込、鮹二盃うつて出る時、法躰したる親仁ぢろりと見て、碁を打さして立出、『何とやらすそのかれたる鮹』と、あしのたらぬを吟味仕出し、『是はどこの海よりあがる鮹ぞ。足六本づつは、神代此かた、何の書にも見えず。ふびんや、今まで奈ら中のものが、一盃くうたであらふ。魚屋、見しつた』といへば、『こなたのやうなる、大晦日に碁をうつてゐる所ではうらぬ』と、いひぶんしてぞ帰りける。其のち、誰が沙汰するともなく世間にしれて、さるほどにせまい所は、角からすみまで、『足きり八すけ』といひふらして、一生の身過のとまる事、これおのれがこころからなり。」

法体の男性が碁をさしながらそれを見つけた。「今まで奈良中の人々が騙されただろう。魚屋、顔は覚えたぞ」と。商売は、悪い評判を言いふらされるだけでおしまいだ。「誰が沙汰するともなく」この詐欺を世間が知ってしまう。「足きりの八助」というあだ名までつけられる。もう誰も買わない。こうして信用を失った八助は、おちぶれていく。

この篇の最後には、ちょっと間抜けな盗人が登場する。「大和の片里にしのびてすみける素浪人ども」が、金がなくて正月を迎えることもできず、奈良晒の代金を狙って追いはぎに出た。大坂から帰って来た商人が、俵包みを軽そうに持っている。「重いものを軽そうに見せかけている」のだから金銀に違いないと思って襲うと「明日の御用には、とても立つまい立つまい」と不思議なことを言って逃げていく。そこで開けてみると、なんと数の子だった。これが落ち、である。

西鶴は奈良の大晦日と正月を舞台に、狡猾で信用できない八助と、間抜けな浪人たちの対比を記した。八助は奈良の外の人間だが、大和の国内の近隣からやって来るのであろう。浪人たちも奈良の外の山中にいるようだ。そしてこの作品では、二四、五年ものあいだ商売に成功していた八助が、詐欺商法に転じてしまった顚末を書いている。「日本永代蔵」の「大豆一粒の光り堂」では、努力と発明で成功した九助の財産が息子の怠惰で失われてしまう。「世間胸算用」の「奈良の庭竈」では、正直と良い見立てで二〇年以上信用されていた八助が、詐欺商法に転じることで零落した顚末を描いている。

もしかしたら、これは奈良の技術や商法そのものの暗喩ではないだろうか。一八三三（天保四）年刊の大蔵永常著「綿圃要務」には、大和の木綿は、大和の国では糸に引くが、他国ではふとんや衣類の中入れ綿に使う、と書いている。「いかなる事にか、河内・摂津ほどにはつよからず」「大和横田国の綿ハ糸口にハ悪しきとて、中入口にする也……綿堅く、毛太く」とあるのだ。早くから開発された大和の木綿が、一八世紀には新興綿産地に圧倒されて衰退したことはすでに述べた。その際、畿内のうちでも大和の衰退が目立っていたことも書いた。その理由は、大和の木綿が河内・摂津よりも弱く、堅く、太かったからだという。綿花栽培には干鰯が広く使われたが、大和の肥料は油粕のみで、干鰯は使われなかったという。

木綿は西日本で広く産業化され、商品の質を上げるために多くの努力がなされていた。早くから開発したところは先端地としての強みがあるが、絶えず改良と革新をしていかなければ、他の地に追いつかれてしまう。京都、大坂、江戸の三都は膨大な量の布を消費した。とりわけ、参勤交代で武士が集積する江戸は、都市人口が世界最大になったわけで、それは世界最大の市場があった、という意味である。その市場では、呉服屋が輸入生糸、国産生糸を素材にした最高レベルの織り、刺繍、染めの商品を売っており、太物屋と呼ばれる木綿問屋が、これもまた、インドの縞木綿を国産化した素晴らしい技術の縞木綿や更紗を扱っていた。それらがいったん着物として仕立てられたあとは、古着屋が多数の店を出して循環させた。原材料と加工品、織物は、全国の農村で生産されており、呉服屋や太物屋の手代は、優れた商品を買い付けることで、市場を活性化させていたのである。生産地は、世界最大の市場を含む三都市の要求に応えられなければ、いずれ衰退していく。その分析ができるかどうかが、問われていた。

奈良木綿は同じような風土でありながら、なぜ河内や摂津より弱く、堅く、太かったのか。なぜ干鰯を使わなかったのか。その理由はわからないが、都市の需要に応えなかったという事実がある。もしかしたら、奈良晒のブランドにだけ、依存したのかも知れない。

が、奈良晒はブランド製品でありながらも、衰退した。奈良晒が徐々に衰退した理由は、麻が衣料としては使われなくなったからであり、蚊帳その他が残るにしても、市場そのものが縮小したからである。麻の晒はそれでも、奈良晒が市場の筆頭ブランドではあったが、全体が縮小していくことは回避しようがなかった。

しかし「晒し」とは技術の名称であり、材料の名称ではない。つまり、麻が縮小するのであれば、木綿晒しになぜ移行しなかったのか、不思議である。木綿も、布に織った当初は麻ほどではなくとも純白ではない。木綿の場合は糸から先染めすることもあるので、糸の晒しも必要である。木綿の晒し方法は、まず臼に入れ、水に浸して杵で搗き、糸につけられた糊を落とす。次に川に入れて振るい洗いする。そして干す。その後、砧で打つ。さらに、石灰を溶かした清水につけて、また杵で搗く。また干す。それらの行程を四、五〇回繰り返す。さらにその後、清水だけで杵で搗き、振るい洗いする。これで六〇〜一〇〇回繰り返すことになる。麻より丹念な努力が必要だ。木綿の晒しでは、愛知県の知多半島亀崎地方の知多晒が筆頭ブランドで、近江晒、野洲晒がそれに次いだ。しかし木綿晒に奈良は登場しない。奈良晒で確立した方法とブランド、そして大和の上質の水をもって、江戸時代を席巻した木綿に適用すれば、間違いなく奈良は晒し技術のトップに立つことができた。

そのような、未来を見据えた努力に切り替えることなく麻の晒しだけに依存し、さらに、収益が上がらないことに焦って絣織などの粗製濫造に走った、ということだったのではないだろうか。市場は信用で成り立っている。八助がそうだったように、いったん粗悪品を出してしまうと、信用回復までにどのくらいの年月がかかるかわからない。江戸時代は市場を中心にして農業生産地が動いている社会だった。信用という問題は、農業の問題でもあったのである。

世界における日本の信用はいまどこにあるのか？　国どうしの信頼関係は、戦争と平和の分かれ道にもなる。外交のみならず、政府がどのような国を目指しているかが、信頼性の要であろう。むろんそのビジョンは、国民が選んでいるのでなければ、信頼に値しない。それは地方自治体も同じことで、少子高齢化が進んだとしても、住民自治が活きているかどうか、住民が自治に参加し、躍動しているかどうかが、信頼の要だ。江戸時代の産業は企業が担っていたのではなく、住民が担っていた。いわば個々の家が企業体だった。藩によっては藩士が技術や経営を指導し、個々の農家や商家がそれを実現することでイノベーションを遂げることもあった。農家のリーダーがそれをおこなうこともあった。商家が需要を伝え、それに技術で応える、ということもあった。いずれにしてもこれからの日本の地域では、住民がいかに変革に参加できるかが要になる。その意味で今後の日本は、半分は、江戸時代に似てくる。

半分と書いたのは、もう半分はグローバル企業が担うからである。「日本の企業」という言い方は通用しなくなる。すでに、通用しない。大企業は創設者が日本人であっても、今やグローバル企業なので、その信用は地球規模で担っていかねばならない。ブランドとは名声のことではなく「社会との約束」である。これは今「世界との約束」となった。

そうだとすると、日本への信頼は、一方で国政の質が担い、もう一方で地域を母体とした行政と産業の質が担うことになる。農業、漁業、林業、観光業、そして多様な中小企業、国内での生産流通に重点を置いた大企業などが、地域の中で常にイノベーションを続けていくことが、日本の信用の要になるだろう。

それを考えると、奈良のたどった道は大いに参考になるはずだ。

一葉は男と社会をどう見ていたか

私は二〇〇四年に「樋口一葉「いやだ!」と云ふ」(集英社)を出したが、それからずっと気になっていることがある。それは、一葉と時代との関係である。一葉は江戸から明治への激変期に生きた。そこには家族関係、経済構造、男女、仕事、価値観など、多くの変化があった。一葉の文学はそのことと無縁ではないのである。

この本で明確になったことのひとつは、樋口一葉出現の背景には、平安時代以来の女性による仮名文学と和歌の伝統がある、ということであった。それなしでは一葉は存在しなかった。一葉は歌人として和歌文学を血肉化しており、それが小説の言葉を作りあげているからである。もうひとつには、日本社会の常として、女性歌人には寛容であった、ということがある。歌人であれば存在が認められやすい社会ではあった。しかしそれは、文学で生きて行かれるということではなかった。

一葉は、日本で初めての女性職業作家だと言ってよい。平安時代から江戸時代まで、女流は歌人、俳人、漢詩人、物語作家、随筆家など多様に出現したが、貴族、武家の娘や商人の妻、遊女や芸妓、尼などだった。つまり生活の糧を他にもっていた。原稿料で生きようとした女性は、一葉が日本で初めてであろう。しかも学歴は小学校卒である。

小説は本人の望むところではなく、一葉自身は自らを最後まで「歌人」だと考えていた。同時に、一葉は女性でありながら男性のような稼ぎ手、家長として生きたのであり、そういう女性が男性からどう扱われ、男性をどう見ていたか、という点も非常に興味深いのである。文学の方法としても、一葉の文学は和歌文学、日記文学、世話浄瑠璃、西鶴の小説などに支えられている。とりわけ「大つごもり」における、従来の王朝恋愛者からの脱出は、明らかに西鶴の「西鶴諸国ばなし」「世間胸算用」を使ってなされている。そのように、古典世界から一葉を位置づけできるのだが、しかしもうひとつ重要なことがある。それは明治二〇年代、西暦で言えば一八九〇年代の日本社会との関係だ。

一葉が生まれたのは一八七二年で、江戸時代が終わってからわずか五年しかたっていない。江戸時代の名残が濃厚に残る世間のなかで、しかも零落した武家の娘として育った。明治特有の育ちかたである。小学校を出たあと歌塾に通う。歌塾は社会的階層の高い女性たちが通うところであった。一葉の経済状態は似つかわしくなく、「借金」という問題を塾にまで持ち込んでしまっている。これも時代特有の現象である。一葉が「金銭」に苦しみ、あるいは敏感になってゆくのは、このような伝統的な社会環境に身を置いたためでもあろう。

結婚はいつの時代でも、女性にとって重大問題である。しかしこの時代はとりわけ、迷いが生まれたに違いない。「家」の変質、財産の分布の変化（家柄が高い家の経済的凋落、成金の発生など）、そして男性の変質である。一葉の周囲には、いかにも明治時代らしい男性たちがいた。彼らは江戸時代にはいないタイプの男性たちであり、明らかに新しい価値観が生み出した男性たちだった。

婚約者だった渋谷三郎は、典型的な「立身出世」志向の高級官僚である。検事となり、ドイツに留学してハイデルベルク大学法学部に学び、知事を歴任している。「十三夜」の主人公お関の夫は、渋谷三郎がモデルだと私は思っている。明治日本の立身出世志向の男性と結婚して「奥様」と呼ばれ、実家の両親兄弟も喜び、黒塗りの自家用人力車を使う生活は果たして幸せなのか？「十三夜」にはそういう問いがある。

お関は夫から日夜いじめを受け、限界に達している。こういうタイプの男性は、結婚を立身出世の道具として考える。渋谷が一葉との婚約を破棄したのは、樋口家にお金がなかったからだ。検事になると新潟の大きな老舗旅館の娘と結婚し、その後ドイツに留学する。妻の実家の金であろう。帰国すると妻と離婚する。次には社会的地位である。まだ権威のあった華族と結婚し、その後、知事の地位を獲得している。男性のこういう生き方は「婿入り」という方法を含めれば、江戸時代の武家や商家の二、三男や金に困った男性たちの普通の生き方であり、非難されることはなかった。

明治における特徴は、それが単に生活のためではなく、婚家に隆盛をもたらすためでもなく、もっぱら自分自身の立身出世と結びついたことであった。この「男性の近代化」とそれによるエゴイズムが、「十三夜」には書かれている。お関は裕福な家の娘ではなく、夫の出世に貢献していない。一葉もまた、男性の出世に貢献しそうもない。そういう明治の女性たちは、立身出世型の夫と結婚することで、不幸にしかならないのである。

「十三夜」の面白さは、お関が離婚を断念して家に帰る途中、突然人力車が止まるくだりである。お関に「おりてくれ」という。理由を聞くと、車屋は「もう引くのが厭(い)やになったのでござります」と言うのである。「何も彼も悉皆(しっかい)厭やで、お客様を乗せやうが、空車(から)の時だらうが、嫌(い)やとなると用捨なく嫌やになりまする」と。私が本の題名を「樋口一葉「いやだ!」と云ふ」とした根拠は、このくだりが筆頭である。

むろんこの他の作品にも頻繁に「いやだ」と出てくるが、この録之助の叫びほど切実なものはなく、またこれほど一葉自身の声に聞こえるものはない。立身出世から落ちこぼれた（あるいはそもそも無縁な）男たちと、立身出世志向の男性たちから軽蔑され切り捨てられるお関や一葉のような女性たちの声が、生々しく聞こえてくるのだ。一葉は再び渋谷三郎との結婚話が起こったとき、「そは一時の栄（さかえ）、もとより富貴を願ふ身ならず、位階、何事かあらん」と一蹴したのだった。

明治は立身出世だけでなく、一攫（いっかく）千金の時代でもあった。金儲けに群がる男性たちもいたのである。これは現代の金融成金と同じで、経済構造の変わり目に出てくる典型的なタイプであろう。それが久佐賀義孝である。久佐賀は、天啓顕真術会という宗教団体で占い師をしている詐欺的なコンサルタント業者で、一葉はあるときこの人を突然訪ねている。相場師になろうとしたのだ。今で言えば、リスクの高い金融商品に手を出そうとしたわけだ。しかし久佐賀から見れば、もともと金を持っていない一葉は何の役にも立たない。軽くあしらわれた。しかしなんと、一葉のほうが一枚上手であった。これをきっかけに、一葉は久佐賀から頻繁に金を借りるのである。

久佐賀は一度は「謂れなく貴姉に向て救助するときは貴女も之れを心善しとせざる事ならん……貴女の身体は小生に御任せ下さる積りなるや否や」という手紙を一葉に出す。金を借りるなら体と引き替えだ、という意味である。一葉は怒った。「そもや、かのしれ物、わが本性をいかに見けるかあらん」と。しかし一葉はその後も、久佐賀から金を借りている。どちらがしたたかなのか、わからなくなる。その年の暮れ、一葉は「大つごもり」を書いた。「大つごもり」は金の話である。一葉はこの年、駄菓子屋もたたみ、小説も売れず、万策尽きていた。どん底を体験したのである。

今年二〇〇九年は世界中の人たちが窮地に陥っている。一葉の時代から一二〇年経っても、底辺に暮らす人がさらにどん底に落ち込む現実がある。樋口一葉が当時の年齢の二二歳で今生きていたなら、どういう暮らしがそこにはあっただろうか。倒産して父親が亡くなり兄が逃げ出した家で、アルバイト中の妹と無職の母親を養っている女性が、小説で食べて行かれるようにと努力することなど、果たしてできただろうか。そう考えると、今の日本は明治初期の日本より豊かなのかどうか疑わしい。一葉とその家族は、実は借金で暮らしていたのであった。いくらか原稿料をもらえるようになる晩年(二三〜二四歳)はともかくとして、妹の内職と歌塾の代講と駄菓子屋(ほんの一時期)では、親子三人で生活することはできなかった。借金と言っても、銀行や高利貸しから借りるのではない。利息を払わないで済む知人たちから借りるのである。

久佐賀義孝をはじめ、作家の村上浪六、石川銀次郎、西村釧之助、森某、三枝某、菊池某など、日記に出てくる借金の相手は多い。母親が借りに行くことも頻繁であった。一葉は歌の師である中島歌子にまで借金を申し込み、中島は自分の着物を質に入れて一葉に渡したのだという。金が有り余っているのならともかく、そうでもない年長の師にまで借金を申し込んでいた。一葉が日記に書かなかったのは、小説の師である半井桃水からの借金（援助か？）である。月に一五円、定期的に一葉に渡していたという。しかも金を貸してくれることに対して、一葉は深い感謝や恐縮の気持ちを、さほど持っていなかった。

頻繁に金を借りる西村釧之助が、金を貸してくれなくなったとき、一葉は「彼れほどの家に五円、一〇円の歪なき筈はあらず。よし家にあらずとて、友もあり知人もあり、男の身のなさんとならば成らぬべきかは」と批難する。「無いはずがないのだから、私に貸さないのはおかしい」「自分が持っていないなら、友人知人から借りてくれるべきだ」と考えているのである。何と自分勝手な言い分であろうか。しかし戦前まで、知人から借金するのはさほど珍しいことではなかった。作家たちも出版社からずいぶん借金をしたものだ。今それが無くなったのはローン会社が増えたからだろうか。それとも、金の貸し借り、という人間関係が無くなったので、その弱みにつけこんだ商売ができただけなのだろうか。

他人の家の高齢者や子供をそれとなく世話する、電話の呼び出し、テレビの共有、風呂無尽、土産もののやりとり、その他様々なおせっかい――金の貸し借りは、その延長線上にあった。そういう人間関係が、今は存在しないのである。一葉が年齢そのままで現代に生きていたら、小説は書けなかったに違いない。周囲に借金しながら暮らしたりすれば、たちまち社会から排除されてしまう。妹と母親のためにどこかに就職し、残りの時間で細々と歌を詠み、それだけで疲れ果てていただろう。突出した作品が出来上がる条件は、才能や素養だけではない。受け容れる社会が必要なのだ。

しかし明治の社会が楽だったと言っているのではない。たとえば「大つごもり」には過酷な現実が描かれている。一八歳のお峯は、今で言えば非正規社員である。「受宿(うけやど)の老媼(おば)さま」つまり職業仲介業を頼りに、山村という金持ちの家で女中奉公する。育ててくれた八百屋の伯父は病気になり、伯父は生活のために高利貸しから金を借りた。その利息の支払日が大晦日に迫っている。これを返さなければ、恐らく伯父一家は寒空にホームレスとなる。

「大つごもり」は、まさに現代の私たちが迎えている格差社会の物語だ。一方には、気ままな大晦日を過ごし、困窮している人々のことは一向に考えようともしない一握りの金持ちがいる。もう一方には、親を失い、教育の機会にも恵まれなかった少女がいる。少女は自分の働きで伯父や従兄弟を、何とか助けようとしている。

また一方、金があればそれを貧者たちに分け与えてしまう石之助という青年がいる。しかし村山の奥様は冷たいように思えるが、現代なら雇い主として普通の対応である。給与の前借りを断るのは、暮れの派遣切りよりましなくらいだ。しかし格差社会ならではの無心、借金、大盤振る舞い、食客、こういうものが明治にはまだあって、現代にはもう無いのである。しかしその明治時代でも、お峯は前借りを断られた。お峯は言う。

「ゑゝ大金でもある事か。金なら二円、しかも口づから承知しておきながら、十日とたゝぬに耄ろくはなさるまじ。あれ、あの懸け硯の引出しにも、これは手つかずの分と一ト束、……どうでも欲しきはあの金ぞ、恨めしきは御新造……」

貧乏人が金持ちに、「そんなにあるんだから少しぐらい都合してくれてもいいだろうに」などと、言ってはいけないことになっている。なぜなら金持ちは自分の努力（自己責任）で稼いだからである。しかし一葉はお峯どころではなく、金が入らないとたびたび、貸してくれない人を恨んだ。お峯と同じように、貸してくれると言っていた金を貸してくれなかったとき、一葉はこう書いた。「誰れもたれも、いひがひなき人々かな。三十金五十金のはしたなるに、夫すらをしみて」「ゑせ男を作りて髭かきなぜなど、あはれ見にくしや。引きうけたる事とゝのへぬは、たのみたる身のとがならず」と。

お峯と一葉が重なる。同時にここには一葉の、極めて世間的な男性観がかいま見える。男たるもの金があって当然、金がないのは偽の男だ、という男性観だ。

結婚というかたちで男性に依存することを拒んだ一葉は、しかしながら「稼ぐはずの男たち」に金を借りて生き延びた。ジェンダーは金をめぐってむき出しになる。一葉はその世界から抜け出ることはできなかった。お峯が最後には石之助に助けられたように、一葉は心のどこかで、男性の助けを待っていたのかも知れない。ともかく、久佐賀義孝に典型的に現れる「成金」男性は、やはり明治の典型的な男性であった。

「大つごもり」を書く二年前の一八九二年、日本は「脱亜入欧」の植民地政策をとり、一八九四年、日清戦争に突入した。福沢諭吉は軍費集めにかけまわった。次の年に終結すると、日本は急速に「戦後経営」という言葉で軍備拡張に向かって行った。その後、さらなる軍備拡張をするために殖産興業の拡大、植民地経営、官界・財界への人材養成のための教育編成などに精力的に取り組み、日露戦争に向かってゆく。貧富の差が広がり、欧米を取り入れるために育てられたエリートと、教育のない大衆とに二分されてゆく。大衆から分離されたエリートの出現が渋谷三郎に現れ、殖産産業や植民地経営に見える金儲けの思想が、久佐賀義孝に現れているのである。

しかしここで気づくことがある。一葉の作品に登場する男性たちは、一葉の周囲にいる男性たちとは正反対なのだ。金儲けに走り回る家族に不潔を感じ、家を離れて勉学をしようとする「たけくらべ」の藤本真如、裕福でありながら寂しい田中正太郎、家族崩壊の末お力と無理心中する「にごりえ」の源七、木賃宿に暮らしながら人力車を引いている「十三夜」の高坂録之助、貧しい者たちを助ける「大つごもり」の山村石之助、孤児で傘屋に拾われた「わかれ道」の吉など、一葉は現実の「明治の男たち」とは異なる男性を、小説の主人公にした。
お金と出世――時代の現実に打ちのめされた一葉は、小説によってそこから脱しようとしたのではなかったか。

らいてう再読

平塚らいてうを読んでいる。きっかけは「らいてうの会」の講演や女性解放運動のテレビ番組の収録だったが、その自然観と社会観の一致に、目を見張っている。

福島原発事故の後、多くの女性たちが脱原発に立ち上がった。そこには、日本の女性や母親たちが作り上げてきた運動の歴史が通っており、その根底には人間と自然の関係が断ち切られていく近代の深刻な問題が潜んでいる。らいてうの番組企画が始まったころ、熊本で石牟礼道子さんと対談した。私は一八歳の時に「苦海浄土」に深く打たれたのだが、ちかごろ石牟礼道子全集が完結間近になり、全体を読むことができるようになった。石牟礼道子の世界を見渡してみると、そこには女性でないと書けない、近代の地下世界ともいうべき場所があって、したたかな生命の輝きと笑いがあふれている。

イデオロギーとしてのフェミニズムに近づいたことはなかった。しかしやはり、女性はこの近代社会が見ようとしなかったものを見て来た、という思いを強くしている。それはどこかで前近代（たとえば江戸時代）の価値観や生き方とつながるところがあり、土の匂い、水の匂いがする。そこでは命が循環し、いったん水底や地下にもぐった屍が再生してくるのだ。エネルギーの大量消費や、途切れることのない右肩上がりの四半期決算とは異なる価値を、やはり女性は見て来たのではないか。

たとえば平塚らいてうの生き方は、しぶきを上げながら山から流れ落ちる川のようだ。ものを書く川である。自然な生命がこの世を生き抜いていて、その命や好奇心の自在な動きを妨げるものがあれば、その手は筆を執り、ありのままの気持ちを書きつづりながら、その妨げを取り払おうとする。

川がおのれを他の川と比較することが無いように、らいてうには人と比較するという発想が無い。だから「勝とう」とも思わない。男より偉くなろうとも、男と対等になろうとも思わない。日本の女性解放運動は、男と同じ土俵（価値観）で男と競争する運動ではなかった。人として生きることを邪魔されたくないだけなのだ。らいてうは声を張り上げて自己を主張することもなく、むしろ、あまりものを言わなかったという。

お孫さんの奥村直史さんにお話を伺ったことがある。「祖母はほとんど自分の部屋に閉じこもって執筆をしていて、夕食の際も家族と一緒に食卓につくのは稀でしたね」とおっしゃった。孫と遊ぶこともなく、家族とおしゃべりすることもなかった。外でも演説はしなかった。声帯に問題があって、ごく小さな声しか出なかったのである。出版社の編集者も、耳を澄まさなければ聞き取れなかったようで、何度も聞き直すこともしばしばだったそうだ。

らいてうの生きる道には、いくつもの障壁があった。ひとつは明治時代のエリートの家族である。父の平塚定二郎はもと紀州藩士の家の出で、明治政府の高級官吏だった。国家がヨーロッパを規範にすれば、家庭の中にもそれを求めた。三味線を得意とする妻に演奏を禁じ、洋服を着せ、英語を習わせたという。娘たちにも洋装をさせた。しかし国家が日清戦争に向かう国粋体制に入ると洋服の代わりに着物を着せ、家族の中がたちまち日本風になる。らいてうは父の意思で国粋主義教育のモデル校、東京女子高等師範学校附属高等女学校に入学する。しかしその後大学の英文科に進学しようとすると、妻に英語を習わせた父親が「女が学問をすると不幸になる」と反対したのだ。

典型的な日本の官僚である。頭の中がピラミッド型になっている。天皇と国家が自分の規範であり、それに従う。自分の「下」に位置する妻と子供は自分に従わせる。どれほど偉そうでも、国の動向に翻弄させられるばかりで、ひとりの人間としての思想が無い。らいてうは逆の生き方をした。自分の外に規範を置くのではなく、自分の内部にそれを求めた。その道筋の中で禅と出会った。座禅を組むことと、たびたび自然の中に身を置くことを、らいてうは生涯おこなっていた。

一九〇八年の塩原事件は、二二歳のらいてうが森田草平と起こした心中未遂事件だが、面白い事件である。正確に言えば心中事件ではない。森田がらいてうを「殺したい」と言い出した。ダンヌンツィオ著「死の勝利」の内容を、自らたどってみたかっただけのようだ。らいてうはその申し出に好奇心やみがたく、自らも懐剣をもって一緒に塩原に行く。しかし朝になって雪の山道に入ると、運動不足の森田草平は歩けなくなる。らいてうの自伝に書かれた森田草平は実にみっともなく、明らかにらいてうが恋などしていないことがわかる。からかっているように見える。恐らくらいてうは、子供っぽい文学者の殺人ごっこの醜態と殺人の失敗を予想していたのであろう。

しかしこのみじめな道行きで、らいてうは別のものを発見した。大自然のすごさである。「鏡のような満月が透明な暗碧の夜空に高くかかっていました。打ちつづく雪の連峰は、月光に照らし出されて、明暗さまざまな複雑な光りの屈折を見せて幾条もの瀑布が音もなく中空から落ちてくるような、なんともいいようもない荘厳さ。」(「元始、女性は太陽であった――平塚らいてう自伝 上」)

らいてうは深く心を打たれながら、その中で座禅する。しかし傍らで酒に酔ってうつらうつらしている森田は、何も感じていない。この男に真に落胆するのはこの時だった。

事件はスキャンダルになる。そのなかでうごめく夏目漱石その他の男性たちも、らいてうはつまらないと思う。その後、信州でしばらく身を休めるのだが、そのときに書いた「高原の秋」には、山なみの作る自然の壮大さと日没の力とが存分に書かれている。自らがいつの間にか一羽の雷鳥となって、太陽のまわりをめぐる。平塚明(はる)がらいてうと名乗るのは、その体験の後、一九一一年に「青鞜」が刊行されたときだった。そしてそのときに見た日没の太陽こそが、「元始、女性は実に太陽であった」の、その太陽なのである。上がる太陽ではなく沈む太陽であっても、女性は自らの才能で自ら輝く。勝って輝くのではなく、上昇して輝くのでもない。自然界では、降りること、沈むこと、もぐることの中にこそ、再生がある。

私は拙著「未来のための江戸学」（小学館101新書）で、インドの哲学者、サティシュ・クマールを取り上げた。その後、辻信一さんの紹介で、実際にクマールさんに会うこともできた。私が惹かれたのは、「ヤグナによって土を育てること、ダーナによって社会を育てること、タパスによって自己を育てること」こそが重要だという指摘だった。「ヤグナ」とは、失われた分を補うことで、農業では施肥や休耕であり、林業では植林である。「ダーナ」とは与えることで、具体的には、自分の才能、労働、知識を、社会に対する贈り物として返すことを意味する。つまり仕事とは本来「与えること」なのである。「タパス」は自己を育てることで、具体的には断食、瞑想、沈黙、休息、自然の中に身を置くなどの行為をさす。「自己を育てる」というと、収入を得るために能力をつけることや、カルチャーセンターで勉強することを思い浮かべるのが現代であろう。しかし、自己を自然の中に結びつけ直す行為こそがタパスなのだ。らいてうはタパスの実践者であり、自然のなかでつけた力を社会にダーナとして返していた。だからこそ「青鞜」は、大きな影響力をもった。

私がらいてうについての講演を最初におこなったとき、母方の祖母について話した。祖母はらいてうと一つ違いで、栃木の造り酒屋の娘だったが、「青鞜」に心打たれ、その刊行の年に家を出た。らいてうは奥村博史との間に二児をもうけたが結婚せず、子供を私生児として自らの戸籍に入れた。祖母もまた結婚することなく、三人の子供の母親となった。らいてうは高級官僚の娘で大学まで出ている。青鞜社の女性たちも女子大出がほとんどだ。しかし祖母は学歴も無く、茶屋の女将として生きていた。誰にも知られず生きて死んだ女性たちにも、「青鞜」は大きな影響を与えていたのである。

私はその影響力の理由は二つあったろうと思う。ひとつは、「元始、女性は太陽であった」の文章に流れる力強い自然観である。ここには政治的なメッセージも女権の主張も無い。自己を自然の中に結びつけ直すことに成功したひとりの人間が、「ひとは自分の力で輝くのだ」と言っているのである。結集することを呼びかけてもいない。むしろ、「女性よ、芥の山を心に築かんよりも空虚に充実することによって自然のいかに全きかを知れ」と孤高を呼びかけている。この場合芥の山とは、男と同じ道を歩もうとすることであり、また、知識を弄ぶことである。

もうひとつは、この誌上で激しい母性論争が展開したことである。母性とは何か、それは（現在のヨーロッパの福祉国家がおこなっているように）国家によって保護すべきか、それとも自己責任なのかなど、それぞれが考えを明確にしていった。その論争は「婦人公論」誌上にも移された。らいてうはそこで興味深いことを書いている。「私は私たちの理智を越えて、もしくは時としてそれを裏切って個人の上に働きかけてくる自然の深いところから発している種族の意思、もしくは命令というようなものに出逢ったような気がいたしました」（「母としての一年間」「婦人公論」一九一七年五月号）と。他人から「種族の意思だ」と言われたくはない。しかしあらゆる観念を越え、自身の社会的欲求を越えて、自らがそのような母性と出会ってしまうことはあり得る。実際、らいてうはそうだった。子供を産む前にさんざん悩んでいた問題が、産んで育てはじめたとたん、すべて消えてしまったという。あとはおのれの内なる声にしたがって生きるだけであった。国家から家族から社会から押しつけられたわけではない。内側から湧いてくるこの力はいったい何なのか？　らいてうはこうして、外の自然だけでなく、内の自然にも出会いながら、それを拠点に活動していったのである。

しかし女性や母親と言えども、戦時体制の中で戦争に協力し、「靖国の母」となることを喜んだ。女性解放運動家たちも運動を守るために同調した。戦後は女性も経済成長を支え、子供を学歴獲得と仕事に駆り立て、男と同じ価値観で働いた。そして今、科学技術信仰を圧倒的な自然によって壊された日本の女性たちは、いま何をみつめねばならないのか。それを考える時に来ている。

いつか来た道として読む「青い月曜日」

開高健の「青い月曜日」は、一九六五年に連載が始まり、途中、ベトナムでの従軍をはさんで完成させた作品である。その経緯からこの作品は、ベトナムに行く前に書き始めた第一部「戦いすんで」と、帰国後の第二部「日が暮れて」に分かれる。「戦いすんで」は、一九四五年、開高健が一四歳のとき、旧制中学の生徒として学徒勤労動員された経験をもとに書いたものだ。この第一部は敗戦で終わる。「日が暮れて」は敗戦後の日本が急速に変わっていくそのさまを、イデオロギーや型にはまった解釈一切無しに、あふれ出す「もの」と身体の洪水の中に溺れながら書いている。この第二部は学制の変更による大学入学の経緯、牧羊子と思われる女性との出会いと彼女の妊娠、そして出産に至るまでの苦悩と悔恨で終わる。

第一部と第二部のあいだにベトナムでの従軍が入ると書いた。ただし、刊行するときには第一部も含めて手を入れたのではないか。第一部は、ベトナムの戦場での体験と無縁だとは思えない。一九六五年とは、アメリカが北爆を開始した年である。泥沼の戦争への突入だった。開高健は一九六八年に「輝ける闇」を出しているが、第一部の描写は「輝ける闇」に通底しており、この「青い月曜日」、つまり自らの戦争体験と、「輝ける闇」で書いたベトナム従軍体験とは、その感受と描写方法において、切り分けられない。このとき開高の中で二つの戦争は溶け合うように重なり、分離し難い身体的体験になっていたのではないだろうか。

青い月曜日(ブルーマンデイ)とは、勤労の憂鬱を意味する言葉である。題名そのまま、この作品では、主人公はもっぱら働いている。つまりこの作品は第一に、戦時下で人がどう生きたか(あるいは死んだか)、第二に、いかなる仕事によって生きていたか、を書いている。いわば「戦中・戦後のハローワーク」ともいうべき物語だ。

一九三八年から、学生や生徒は年に三日から五日の勤労奉仕を義務づけられていた。一九四四年になると、学徒全員を工場に配置するよう「閣議決定」がなされている。そして極めて不利な戦況になった一九四五年には一年間の授業停止(国民学校初等科〈現在の小学校〉を除く)となり、「学徒勤労総動員体制」がとられた。一四歳の開高健は旧制天王寺中学校に在学していた。旧制中学は今の中学一年から高校二年までの五年制であったが、この戦時下で四年制になっている。しかしそんなことはほとんど影響を与えない。なぜなら授業は全く無いからだ。

集団的自衛権行使容認が閣議決定され、これからそれに基づく法律が作られようとしている今日、戦時下の生徒・学生が体験するかも知れないこの状況は人ごとではない。少し前であれば、学徒動員の話を聞いたところで、「二度と無いであろう昔の話」に思えた。なにしろ今日までの日本は、それを乗り越えて出現した〝九条の国〟である。しかしこれからの日本にとってこの学徒動員と戦時下の生と死は、「ふたたびやって来るかも知れない未来」である。未来を予測したSF小説を読んでいるような、妙な感覚にたびたび襲われた。

主人公が通っている中学は立ち入り禁止となる。兵隊が泊まりこむ兵舎になったからだ。校門の前を衛兵が守り、憲兵や刑事がうろつき、息子にひと目会おうとする親たちが歩き回る。学校に暮らす兵隊たちは大阪港や神戸港から荷物のように積み出され、アメリカの潜水艦魚雷で沈没する。学校とはそういう場所になった。

一方、主人公の中学生たちは列車の操車場で働く。切り離された貨車にバッタのように飛びつき、右手で貨車にぶらさがりながら制動挺子に両足をかけて乗り、挺子が体重で下がったところへすかさずピンを押し込んで暴走を食い止める。少しでもミスをしてふるい落とされれば、手足、首、胴体が切れてしまうような仕事だ。これをおこなうには、日本全国の駅名と路線名を覚えねばならない。学徒動員とは単なる単純作業への従事ではなく、命の危険すらともなう作業を、訓練もなしにおこなう労働だったことがわかる。実はこの作品は、いきなりこのピン刺し労働の描写から始まる。読者の身体はブルーマンデイどころか、自由闊達でむしろ生き生きとした楽しげなこの労働のリズムに乗ってしまうのであって、そのことから、開高自身がこのような肉体労働の中でこそ、働くことと生きることを実感し尽くし、満たされていたのではないかと推測する。戦後のサラリーマン社会こそがブルーマンデイなのであろう。

戦況の変化にともなって、中学生たちは操車場での仕事から、山腹に火薬庫を掘る仕事に変わる。さらに、滑走路を拡張する仕事に行かされるが、飛行場にはすでに飛行機が一台もない。ここでの仕事とは、飛行場の滑走路脇にイモ畑を作ることだった。イモからとれるアルコールで飛行機を飛ばすのだという。焼夷弾は火たたきで消すことができるとされた。B29は竹槍で追い払おう。母親たちはコックリさんで未来を占い、そしてイモで飛行機を飛ばす。そういう魔法にかかった日本が蜃気楼のように浮かび上がるが、しかしそれは蜃気楼ではない。真の日本だった。

敗戦の年、日本の都市には数限りない空襲があった。大阪も例外ではなく、三月の大空襲ののち、六月から八月にかけて次々と爆弾が落とされ、一般市民約一万人が亡くなった。日本本土は戦場にならなかった、という言い方がされるが、これが戦場でなくて何であろう。日本は国際的な連係による世界戦争の中に積極的に入っていたのであり、いわばこれは日本を守るための戦争だった。積極的平和主義の真の姿がここにある。中学生たちの働く場所は飛行場から駅に移っていたが、ホームはめちゃくちゃになり、床板がとんで鉄骨がさらけだされ、屋根は消えて無くなった。

食べ物も枯渇していた。主人公と母親は衣服を農村に持って行っては、米や野菜にかえてくる。育ち盛りの中学生たちはそれでも足りずに、遠出して釣りをしたり、イナゴやカエルやヨモギを集めて食べる。開高の釣りはここに原点があるのだろう。

一方、人間のもつ「知的衝動」について改めて気づかされる。中学生たちは、この空襲と飢えの中で世界文学全集を読みあさり、ドイツ語とラテン語を独学し、微分、積分を学び、漢詩を読み、「万葉集」をそらんじる。古代エジプト人について語り、科学小説を読み、哲学書を英語やフランス語やドイツ語で読破する。「クォ・ヴァ・ディス」をはじめとするローマの物語まで読みあさり、ペトロニウスについて語る。そして春本もまた、その中に雑然と紛れこんでいる。

飢えは腹だけではなく心にも知性にも生じ、それが四方八方へ触手を伸ばすことで、自らの荒廃を避けている。授業は無い。テレビも無い。ラジオから聞こえてくるまともな情報も無い。新聞を買う余裕も無い。毎日が死と隣り合わせで、度重なる空襲警報に恐怖心も薄れ、感動が消える。爆撃されて死ぬのか、飢えて死ぬのか、それもわからない。だからこそ彼らはどこかから本を調達してきては、読みふける。ページの中にはこの現実とは異なる壮大な世界があるからだ。無感動に向かって麻痺していく心が、唯一読書によって人間らしく保たれているように見える。それが、一九四五年の少年たちだった。

空襲のあとには無数の廃墟と死体が残る。鉄枠だけの電車、女の髪のようにはいまわる電線、壁だけになった公会堂、コンクリート床だけになった市場、積み上げられた焼死体、死体でいっぱいの貯水池、つぶれた防空壕から飛び出している手。黒く焦げ、手足をちぢめ、背を曲げ、叫ぶ口を開いたままになっている死体、眼がとけ、鼻が砕け、つぶされゆがんだ死体。血、泥、汚水、粘液、あぶら、膿汁、尿など、さまざまな液体をコンクリート床に染みこませ、少しずつ溶けていく身体。街角に忘れられた、死後何日もたっていてガスで膨れあがった死体は、蛆虫（うじむし）に食い破られて、巨大などろどろした海綿の山となっている。「私は無数の死体をみた」という一言の前後に広がるこの光景は、開高の心身に染みこんだ、人生の最初期の人間群像である。

あらかじめ与えられた概念の言葉を排し、人間を肉体の細部にまで分解して事実を言葉で摑み、記憶に刻みこむ。これはのちに、ベトナムの戦場で繰り返される。ノンフィクションとは、書く者と対象との衝撃的な出会いの現場であるが、そこでは自分自身を乗り越えて言葉が事実をすなどる。開高の作品は常に、時代に拘束された自分自身を越えていく。

この方法は、日本が戦争に敗れてからも同じである。敗戦の日、主人公は中学の先生の嗚咽（おえつ）を目の前にして「しかし、私は感動しなかった。いくら待っても感動はどこからもおそわなかった」と、自分を観察する。街を歩くシーンがある。「顔には何の表情もなかった」という描写は自分についてではなく、街行くほとんどの人のことだ。これが事実であろう。彼らの目の前に迫っているのは現実の飢えであり、これから生きていくことだった。

彼もまた、自分をそのような境遇に置いた誰かに対する強い怒りをたびたび爆発させるが、しかしそういう感情に流されている暇もない。中学生に戻りはしたものの、仕事をしなければ生きていかれない。彼はパン屋の見習いになる。徐々に職人としての腕が上がってくることに興味を覚えたが、しかし何よりもパンを食べられる、つまり飢えないでいることが重要だった。次には、旋盤見習工になる。やがて高等学校に入るが、工場がつぶれる。世間には魚や肉や野菜、米、醬油、油、砂糖、缶詰、タバコがいつの間にか、無数の妖精がとびだしてきて乱舞しているかのようにあふれる。人は「微笑をし、目くばせをし、いんぎんにあいさつしあ」い、秩序を守って黙々と働き始める。これを開高は「どんなに防いでもどこからか入りこんでくるなにかの細菌のよう」と表現する。しかし一方で、戦争は終わったのに街の片隅で餓死する人がいる。この戦後の光景は不思議なことに、今日の都会の毎日と同じなのだ。

主人公は闇屋の倉庫の夜警をする。自分を偽物だと感じながら英会話学校の教師の職にもありつく。不思議なペンフレンドの会の翻訳の仕事もする。あやしげな薬草をブレンドする製薬職人にもなる。「生きることは恥をかくことであった」

学制が変わり、大学に進学するのだが、授業には出ない。大学で彼が見たのは、靴をはき、「サラリーマンのように」鞄を提げ、「伝票をつけるように」教授の話をノートにとり、「帳簿そっくりの」字を書き、入社試験に思いをめぐらす大学生たちの姿であった。「日本社会には（中略）怜悧で、確実で、逸脱を知らない、時計のように平安で冷酷なものが主役として登場した」と、開高は感じた。そして、フランス語塾で知り合った友人の誘いで同人誌の会に入っていった彼が出会ったのが、「唐辛子みたいな女」であった。

妻である牧羊子については、悪妻であったとか、結婚したくなかったのだ、という論評があるらしい。確かに本書には妻となる女性への愛情が感じられない。むしろ脅威に思い、重荷であるようだ。この作品は子供が生まれるところで終わるが、それは子供が生まれるという現実から逃げ出すシーンである。しかし日本の男にとって悪妻でない妻などいるのだろうか？　重荷でない子供などいるだろうか？　むしろこの照れと逃走は男としてあまりにも平凡な反応で、驚くくらいだ。

「青い月曜日」には、いかなる環境や状況変化にも動じない一本の軸が通っている。それは「生き物」の視線、あるいは感性と言ってもいい。体を動かすことに嬉々とし、飢えに怒り、国家意識や組織の論理に少しも感動などしない。究極の自由、究極の個。開高にとってそのありようは、めざす境地であって、実現できたわけではなかろう。しかし個は言葉を通して普遍となる。それを知っていたのである。

網野善彦に導かれて

網野善彦がおこなったことは、歴史を見る人間のまなざしを、観念から生活へ向け直したことだった。これは決して、文献をおろそかにすることではない。むしろ古文書を、人が実際にはどう生きていたか、という視点で読み直したのである。

網野は大学卒業後に日本常民文化研究所に入っている。そこで古文書を丹念に読んだことが、後の研究姿勢の基本を作った。古文書は文書ではあるが、そこから国家秩序との関係や権力の作った規則を読み取るのか、生活を読み取るのか、それは読む側の価値観の問題である。網野は生活の痕跡を読み取った。網野は江戸時代における霞ヶ浦四十八津の寄合の実態をつかみ、それが幕府や藩とは関係の無い、自治的な湖の民であることを知ったのである。このことが、後の網野学の基礎になる。

歴史学には弱点がある。それは、生々しい現実の事例に法則性を見出したとたん、概念の言葉でそれを名付けねばならないという点である。鎖国という言葉も、封建制という言葉も、天皇制という言葉も、正確ではない。極端に言えば、錯誤である。そして網野がずっと主張していたように、農業国家日本という概念も、真実ではなかった。江戸時代の農民八〇％という教科書的な数値は、四〇％ぐらいかも知れない、と網野は語っている。「水呑」とは秩序の上では、年貢のための農地をもたない商人や職人たちの符合だったのだ。つまり我々の時代のサラリーマンのような仕事は、当時ではすべて水呑である。ただし現代では納税者なので、農民の位置になる。つまり、幕府や藩の側の文書は租税を基本にした文書であり、国家とは租税によって成り立っているので、それだけを研究するのであれば、それは国家体制の研究ではあっても、人間の歴史の研究にはならないのである。

歴史を概念と図式で説明してしまうという点で、わかりやすいのがマルキシズムだろう。マルキシズムが物理学のように法則だけに徹してくれればよかったが、そこに善悪の評価が紛れ込んだ。そうなると、江戸時代は悪になる。なぜなら「封建制度の」という言葉で形容されたからである。実態が封建制度の定義から外れているかどうか、という問いは無い。なにより、良いか悪いか、進歩か後進か、という問いがつきまとう。これはマルキシズムであろうと近代主義であろうと同じである。

網野は「概念が先立つ」という方法を採用しなかった。流動する人々を中心に置いた。

流動とは、空間においては国家史観をはずれる。国家権力の歴史を辿っても見えないからだ。網野は善悪や進歩を基準にすることもなかった。流動と商取引は善でも悪でもなく、拡大縮小はあっても進歩でも遅れでもないからである。私は廣末保のもとで近世文学を学んだ。そのとき、近代文学には全くない概念である漂泊と定住という判断基準を、自分の文学観の中に持ち込むことになった。私が廣末のもとで学んだのは一九七四年から一九八〇年であるが、その間に網野の「無縁・公界・楽」が刊行され、それからは網野の研究は阿部謹也の著書とともに、私の必読の書となった。ここには「文学」「歴史」「民俗学」という分野の壁はなく、「事実から考える」という姿勢だけがあったのである。

漂泊には陸上の漂泊と海上の漂泊があり、海上のそれについては、姜尚中との対談(「「日本」をめぐって」所収)のなかで、ブローデルの「地中海」を挙げながら、日本でも日本海(この名前は改めるべき、というコメント付きで)、東シナ海、インド洋、東南アジアの海の総合的な研究が必要だと述べている。私も江戸文学・江戸文化研究の過程でさえ、幾度もそれを実感している。

網野はアナール派の影響は受けていない。しかし廣末保のゼミナールでは、アナール派も研究の対象だった。ナタリー・Z・デーヴィスの「マルタン・ゲールの帰還」や「古文書の中のフィクション」、ギンズブルグの「チーズとうじ虫」をはじめとして、ブローデルの「地中海」その他の仕事、アリエスの「〈子供〉の誕生」その他の仕事、コルバンの「身体の歴史」その他の仕事を追うのは、私の中で網野善彦の仕事をおさえておくのと同じ意味で、当たり前のことになっていった。その後、オーストラリアのアナール派であるアンソニー・リードを共訳した。分野で言えば文学者である私が、「アナール」からの依頼原稿をお引き受けしたこともあった。アナール派の影響を受けなかった網野が、次の世代である私のような研究者の視野ではアナール派と重なっていたのである。それは、アナール派がマルクス主義的歴史観から抜け出すための、イデオロギーからの脱出の歴史学であったことと関係する。

網野善彦はひとつには、「近代国家」「国民」の枠組みにとらわれている歴史観から、人間の歴史を「事実」の側に解き放った。二つには、歴史学が作り上げる概念の言葉に対する疑いのまなざしを育てた。三つには、歴史学、民俗学、文学、文化史などの垣根を、結果的に取り払った。四つには、テキストの読解には、「読み方」という方法論の精査が必要であることを証明した。

それ以外にもいろいろ思い起こすことがあるのだが、つまりは、いくつもの意味で、後に続く多くの分野の研究者と執筆者（小説家や劇画、アニメも含め）への影響力には、計り知れないものがあったのである。

専門外という出口

大学院生時代、師によく言われた。「専門外のことに手を広げると間違える」と。私は「確かにそのとおりだ」と思った。しかしそう思いながらも、その忠告を守ることができなかった。何かを始めると、好奇心はどんどん広がってしまうのである。むろん浅くもなる。間違うこともある。しかしある日、わかったことがあった。それは、「広がった方が物事は理解できる」ということである。関係無いと思っていたことが、実はつながっていることに気づく。因果関係が単純ではなく、間接的でしかも入り組んでいる場合、狭くて深い領域の中で物事を考えていると、出口はみつからない。結局、専門内に閉じこもっていても、間違うのである。

私の専門は「近世文学」という、江戸時代の文学者や文学作品を扱う領域なのだが、気がついたら江戸時代当時の海外貿易に踏み込み、そのころの東南アジアをテーマにした本の翻訳もしていた。江戸に金唐革というものがあることに強い知的興奮を覚え、「江戸の想像力」を書き上げた。金唐革はオランダとの貿易で入ってきた皮革製品だが、日本ではそれを紙で作ったのである。そこから、紙に関心をもつようになった。紙漉職人のところにも行き、体験もし、友人の書家から紙のことをずいぶん教えてもらった。古来、東アジアでは紙で衣類から家具まで作ってきたし、紙と木で家を作ることは恥ずかしいどころか、非常に高度な職人技術であることも実感した。江戸時代のものや職能を見ていると、「貧しい」とか「豊か」の意味が逆転してくる。レンガの建物が豊かで木と紙の家が貧しいとは、思えなくなる。アジアやアフリカから掠め取った金銀で広大な城を作ることと、自分たちでものづくりをおこなってささやかな屋敷を作ることと、そのどちらが豊かな人間生活なのか？

　私は「布」についても、そういう見方をすることによって様々なことに気づいた。まず、江戸時代の着物の変化はなぜ起きたのか、気になっていた。小袖という下着だったものが上着化した、ということはわかっていたが、それだけではない。絞り、刺繍、型染め、糸染めが急激に発達し、木綿が全国に拡がり、自国生産の絹織物の質も向上し、今の着物では考えられないほどの技術と繊細さをもつようになった。これらの技術は中国の影響も強い。しかしそれだけではなかった。オランダ東インド会社やインドや東南アジアやイギリスの動きを同時に見ることによって、江戸時代がいかにインドに深い影響を受けていたか、を知るようになった。インドの強い影響は、当時のイギリスの状況でもあった。イギリスはインドの木綿布が大量に輸入されることによって羊毛業者が圧迫され、国の経済は危機に瀕した。それが原因でイギリスは、産業革命に至ったのである。イギリスほどではないが、日本にも多くのインド木綿が輸入された。日本の更紗や散らし小紋や縞の着物は、その影響下に誕生したのだ。とくに縞木綿は様々な縞や格子を生み出し、それが「いき」の美意識の根幹ともなり、庶民の着物の中心ともなった。

ではなぜ江戸時代の日本は、欧州型の産業革命をおこなわなかったのか。植民地における収奪がなかったからである。ここからは、価値観の問題になる。欧米なみに植民政策をおこない、安い賃金でアジアやアフリカから資源と労働力を掠め取ることこそ、日本人がやるべきことだったと考えるか、そういう方法によって豊かになってもそれは豊かさとは言えない、と考えるか、その二つに分かれる。産業革命と近代国家を手放しで賞賛し、それゆえに江戸時代を遅れた時代と考え、明治維新を「夜明け」とする価値観に、私は与しない。江戸時代の日本人の生き方とガンディーの価値観とが、私の中で全面的ではないにしても、重なってきた。

なぜ大臣の息子としてイギリスに留学し、弁護士になったガンディーがスーツを脱ぎ、自分で紡いで不可触賤民が織った布を体に巻いたのか。それは、「掠め取ることによって生きる」生き方とは正反対の生き方をするためであり、それを、一枚の布によって、人に伝えるためだったのである。ガンディーはインドの外に出ることによって、初めて「差別」を知った。差別される側の人間にならなければ、それがわからなかったのだ。江戸時代の日本は植民地をもつことによってではなく、自ら働くことによって、自分たちの力で必要なものを生み出そうとした。そこに日本の技術と文化の基本があった。

二〇一〇年に私は、ガンディーの布についての文章を最初に置いた「布のちから」（朝日新聞出版）という本を出版した。布に関心をもってさまざま書いてきて二〇年たったが、その間、布は私の狭小な目のうろこを、何度も何度も、ぬぐってくれたのである。

私の目を被っていた最大のうろこは「専門は狭いほど間違いがない」であった。しかしそれを布にぬぐってもらうと、「江戸時代は鎖国していた」といううろこや、「江戸時代は遅れていた」といううろこや、「産業革命は正しい」といううろこが次々ととれはじめたのである。

私の「大学自治論」

江戸時代と向き合っていると、「自治とは何か」について常に考える。江戸時代の村と町には村長や町長がいない。江戸にも知事がいない。では誰が治めているのかというと、村は村人である名主（庄屋）、百姓代、組頭などという（地方によって名称は異なる）三人の代表がいて、寄り合いで決めたことを藩や代官と交渉する。

町は、江戸を例にとると町人である町年寄がやはり三人いて、治める領域がそれぞれ決まっている町名主とともに行政活動をおこなっている。町年寄は武士である町奉行と交渉、連絡の関係をもつが、幕臣が直接江戸を管理しているわけではない。自治を担う名主は藩や幕府の要請を受け入れないこともある。

現在の千葉県にある佐原村の名主だった伊能忠敬は、幕府老中から要請された河岸問屋組合の結成と運上金の支払いを拒否し続け、いよいよ迫られると自ら運上金を支払い、流通業者の自由営業を守ったという。村や家に残された記録を使って交渉に当たった経験が、後の測量記録の正確さと粘り強さ、そして他者とともに目標を掲げて達成する行動につながった。

他方、自治をあずけている名主が頼りにならないとき、人々は具体的要求項目を掲げて一揆を起こす。一揆は自らが決めた手順に従って粛々とおこなうもので、一揆という行動も、その手順もルールも自治の一種である。

幕府と藩の関係においても、各藩は藩札発行権をはじめ経済、産業、各種管理が幕府からは独立しており、幕府は自由に各大名を制御できるわけではない。近代国家による統制がなかった時代、「自治」という概念は無いわけだが、自治という実態はあった。その自治能力を育成する機会が、祭の実施に至るプロセスだった。

自治とはどんな場合も、全く干渉されない完全な独立自由のことではない。より大きな組織に依存し、組織によって治められることを受け入れる一方で、譲れない自由の領域を探り、自由を生き続けることである。

法政大学は、私が総長となった二〇一四年度後半に長期ビジョンの策定に取り掛かり、二〇一五年度の教職員によるブランディング・プロセスを経て、初めての大学憲章「自由を生き抜く実践知」を作り、二〇一六年四月一日に発表した。その際「大学憲章制定の趣旨」を前文としてつけた。そこでは、大学進学者の七割強を教育する日本の私立大学は重要な責任を担っているが、政府や社会は私立大学に対し、教育の内容と質についてさまざまな要請をする時代となったことを述べ、その状況下で、「外部からの要請をただ退けることも、またそれにとらわれることもなく、また内部における矛盾から目をそむけることもなく」法政大学が「その原点と方向性を見失わず」に社会的責任を果たしていくために、大学憲章を制定することにした、と述べた。

外部からの要請を無視することもはねのけることも自治ではない。法政大学は日本の学校教育法によって規定された「大学」の定義に沿って存在するから大学でいられる。大学設置基準を満たして運営され、認証評価機関の評価を受けて継続している。私立大学は経常費のわずか九%程度ではあるが、国の補助金も受けている。補助金を獲得するために数々の煩雑さがあるが、受け取らなければ授業料は跳ね上がる。だからといって国の政策に従うのではない。

日本の私立大学はそれぞれ成立の経緯と歴史をもっており、固有の存在理由がある。法政大学の前身は一八八〇年に開かれたが、創始者は江戸時代の藩校と私塾で教育を受けた二〇代の若者たちであった。そのころ日本全国に国会の開設と憲法の制定を求める結社が二〇〇〇以上あった。そのひとつが後に大学になったのである。

大学は研究と教育で成り立っている。私立大学はさらにそこに、法人の思想と価値観が加わる。キリスト教系、仏教系の大学があっても違法ではなく、大学の多様性のひとつであることは、誰もが理解している。宗教が背後にあるから国費である補助金や研究費を渡すなとは、誰も言わない。大学内でも宗教を学ぶか学ばないかは自由である。成り立ちの個性と思想の自由は、大学では両立している。

また大学教育は、研究によって支えられている。今日の世の中は、自らの育った環境や価値観で馴染んでいるものとは異なる人や現象で満ちていて、一筋縄ではいかない。誰もが、起こっている出来事を観察し、それらを論理的に理解し、新たな知識を導入しながら言葉で判断する、という道筋をたどることがなければたちまち混乱する。その道筋こそが研究のプロセスなのである。

観察、記録、論理の組み立て、読書や資料の読み込みによる知識の獲得、数字や言語による表現など、理系でも文系でも共通して必要な過程を、通常より集中的に長い時間実践してきた人々が研究者である。さらに言えば、研究とは「学問」であり、学問とは人間と社会にとっての価値を考えつくすことであった。そのことの重要性はいまだに変わらない。

日本私立大学連盟の提言「未来を先導する私立大学の将来像」(二〇一八年四月)では、大学が育成すべき能力を、第一に「人間としてのあり方を常に問う主体的で洞察力に富んだ思考力」とした。思考には時間をかけた洞察も必須であり、それは学問する能力と言い換えてもよい。

しかしながら一方、ビジネス界やマスコミ界に多くの卒業生を送り出す私立大学は、学生と社会との接点を広くするために、企業や銀行や行政などで働いている人々を教員としても迎えてきた。その方々は経験してきたことを客観的事例として分析し、その意味を問い、論理的に語り、研究成果や著書の刊行や社会的発言として形にしてきた方々である。その教員たちを、他の教員と区別して「実務家教員」と呼ぶことはなかった。

ところが文科省の中央教育審議会が二〇一八年一一月二六日付けで出した「二〇四〇年に向けた高等教育のグランドデザイン」では、たびたび「実務家教員」について言及している。すでに多くの業務経験者が大学教員になっているにもかかわらず執拗なまでに実務家教員に言及する狙いがどこにあるのか不明だ。

大切なのは、すでに同僚となっている業務経験のある教師たちの良い点を言語化し、学生のためになる企業経験者とはいかなる能力を持った人なのかを明確にしておくことであろう。そうでないと、実務家教員圧力によって、数合わせの雇用をすることになる。このように、中央教育審議会のグランドデザインは、大学の人事と大学のガバナンスに言及している。その意見をどう受け止め、自らの大学の人事とガバナンスの考え方を主張していくか、自治の力を問われている。
それに比べると、科学研究費への国会議員の干渉は極めて稚拙で、研究費採択の仕組みも理解しておらず、研究がチームでおこなわれることも若手研究者を育成する方法であることも知らないままの気分的な発言であった。しかしながら、研究費について特段知識をもつ必要の無い一般社会に対する影響力は大きい。

そこで二〇一八年五月一六日、これらの発言に対し総長メッセージを発表した。その概要は、「本学の研究者たちに対する、検証や根拠の提示のない非難や、恫喝や圧力と受け取れる言動が度重ねて」起きていること、「圧力によって研究者のデータや言論をねじふせるようなことがあれば、断じてそれを許しては」ならないこと、学生・院生、教職員の「積極的な社会的関与と貢献を評価し、守り、支援」すること、「全国の研究者、大学人の言論が萎縮する可能性を憂慮し、本学の研究者に起きていることを座視せず、総長としての考えをここに表明」することを述べた。

今日の大学自治は、二つの面で実現しなければならない。ひとつは、省庁、内閣府などによる補助金を含めたコントロールに対し、それをいったん受け止めつつ、法人としての独自な方法を提案することである。もうひとつは、無知による攪乱（かくらん）や根拠の無い非難に対し、毅然とした表明をもって、考えを主張し続けることである。

大学は学校法人である。政治団体ではない。何らかの特定の主張をするために存在するわけではない。教職員、学生の人権と多様性を守り、学問の自由を守る、という民主主義国家の法人として当たり前のことをおこなう組織である。自治の能力はそれをおこなうためにこそ、必要なのである。

あとがき

本書は、二〇一五年四月に開始した『毎日新聞』の週一回のコラム「江戸から見ると」の、二〇一八年一月から二〇一九年一二月までを収録している。連載の時期としては、『江戸から見ると 1』（以下、第1巻）の続きである。そして末尾に、他の雑誌等に掲載された八篇のエッセイを加えて編集されている。

すでに第1巻の「あとがき」に書いたように、「江戸から見ると」はまさにその題名の通り、現代社会で起こる様々な事柄の背後にある価値観を、江戸時代の価値観から照らし相対化することで、現代社会について考えることを目的にしている。もちろん、良い面も悪い面も、である。

第1巻、第2巻を読んで下さったとき、あるいは第2巻のみであっても、いくつかのテーマが繰り返し出てくることにお気づきだと思う。それはこのコラムが出来事を取り上げるだけでなく、記憶すべき日を取り上げるからだ。たとえば全連載を通して六月二三日の沖縄慰霊の日の前後には三回、沖縄のことを書いている。しかし慰霊の日だけでなく、その他の機会、たとえば琉球美術の展覧会が開催された時にも、法政大学の卒業生である菅義偉官房長官（当時）と、同じく卒業生である翁長雄志前沖縄県知事が対面した時にも、あるいは翁長前知事が法政大学で講演した時にも、翁長前知事が亡くなった時にも沖縄を取り上げている。江戸時代から見たとき、琉球王国というひとつの独立国の存在は、朝鮮王国とともに日本より文化レベルが高い国として、大切かつ微妙な外交関係にあった。よもやその国を米国に軍事基地として差し出すようなことになろうとは、江戸時代の人々は思いもしなかったろう。

朝鮮王国についても繰り返し書いている。かつておこなわれた留学生による独立宣言についても、関東大震災の時の虐殺についても、南北の接近の時にも、書いている。やはり江戸から見ると、朝鮮王国はようやく和解にこぎつけ、使節を迎え続けた大事な隣国だったからである。江戸から見るからこそ、あってはならない今日の差別が見える。

江戸の水、とりわけ法政大学の目の前にある外濠（そとぼり）についても繰り返し書いている。東京が水都たる名誉を取り戻してはどうか、と思っているわけだが、日本橋の上にある高速道路の移動は遠い夢だ。むしろ外濠の改革から始めるのが、もっとも現実的なのである。

この連載は全て新型コロナ流行以前のコラムである。いくつかはコロナ後から読むと、様々考えてしまう。たとえば「家で働く」という文章では、「ひきこもり」は外へ出るべきだ、という「出」の価値観ばかりで論じられることに疑問を呈し、江戸時代のように家で働けば？　という提案をしている。コロナ時代に入ったとたん在宅勤務は推奨され、テレワークの仕事と会議が膨大になった。ではそれで私が考えるとおりになったかと言えば、違う。テレワークは正規社員の働き方として定着してきているからだ。膨大な女性の非正規社員はむしろ仕事を失った。それはおかしい。大学についても、むろん通常授業を前提に書いていた。コロナ後の状況の中で、世界中の大学が変化を迫られている。世界が一体化し、多くの課題を共有するようになったこの世界で、私たちがめざしている学びは何なのか？　根本的に考える機会が訪れている。

「江戸から見ると」は、本書がまだ収録していない二〇二〇年一月から現在においても、連載中である。やはり社会と大学、その二つを同時に見ながら、書き続けている。いや、世界と日本と日々の生活と大学とそして、読み続けている多くの本もまた視野に入れながら、書き続けている。いつまで続けられるか分からないが、私にとって、ものを考える大事な場所になった。

第1巻でも申し上げたが、最後に、この連載の書籍化をご提案くださった青土社書籍編集部の足立朋也さんに、もう一度、心からの感謝を申し上げたい。第2巻の末尾に入れてくださったエッセイも「江戸から見ると」にとても合っていて、やはり第2巻も私にとって大事な著書となった。ありがとうございました。

田中優子

二〇二〇年九月

本書のI・IIは、『毎日新聞』で連載されているコラム「田中優子の江戸から見ると」の2018年1月から2019年12月までをもとに加筆修正しました。

IIIは、以下に掲載された論考をもとに加筆修正しました。

III　余 聞
江戸時代の出雲大社（『現代思想』2013年12月臨時増刊号）
信用ということ（『EURO-NARASIA Q』第5号、2016年）
一葉は男と社会をどう見ていたか（『望星』2009年3月号）
らいてう再読（『図書』2013年1月号）
いつか来た道として読む「青い月曜日」（『kotoba』2014年秋号）
網野善彦に導かれて（『現代思想』2015年2月臨時増刊号）
専門外という出口（『文藝春秋SPECIAL』2011年春号）
私の「大学自治論」（『世界』2019年5月号）

田中優子（たなか・ゆうこ）

1952（昭和27）年神奈川県生まれ。法政大学総長。江戸文化研究者。法政大学文学部卒業、同大学院人文科学研究科博士課程満期退学。法政大学社会学部教授、社会学部長を経て、現職。江戸文化を論じた著書多数。『江戸の想像力』で1986年度芸術選奨文部大臣新人賞（評論その他部門）を受賞、『江戸百夢』で2000年度芸術選奨文部科学大臣賞（評論その他部門）と2001年サントリー学芸賞（芸術・文学部門）を受賞。2005年紫綬褒章受章。『毎日新聞』紙上でコラム「田中優子の江戸から見ると」を、『週刊金曜日』誌上でコラム「風速計」を連載している。

江戸（えど）から見（み）ると　2

2020年10月20日　第1刷印刷
2020年10月30日　第1刷発行

著　者　田中優子（たなかゆうこ）

発行者　清水一人
発行所　青土社
〒101-0051　東京都千代田区神田神保町1-29　市瀬ビル
電話　03-3291-9831（編集部）　03-3294-7829（営業部）
振替　00190-7-192955

印　刷　ディグ
製　本　ディグ

装　幀　今垣知沙子

ISBN978-4-7917-7318-3　C0021